SIREN SONG GONE WRONG

Édition française

A WICKED GOOD MYSTERY SERIES

LUCY MAY

« Les Parques et les Furies, tout comme les Grâces et les Sirènes, glissent main dans la main au-dessus de la vie. » -Jean Paul Richter

Chaque titre de la série Wicked Good Mystery peut être lu sans avoir préalablement lu les autres titres de la série. Cependant, vous rencontrerez des références aux événements des histoires précédentes. Si vous souhaitez profiter de tous les mystères, de la magie et du chaos, découvrez les autres livres de la série !

CHAPITRE UN

MOIRA WICKED

—Alors ? demanda ma tante Lea en tapotant d'un ongle rouge brillant le dessus de la vitrine.

Je baissai les yeux vers les deux colliers à l'intérieur, tous deux magnifiques et tous deux des héritages familiaux.

Au cas où vous vous poseriez la question, planifier un mariage est un véritable casse-tête. J'étais en plein dedans. Mon mariage n'était plus qu'à quatre semaines. En ce moment précis, je devais décider quel collier je voulais porter avec ma robe de mariée.

Petit bonus d'être une sorcière destinée à épouser un sorcier lors d'une cérémonie enveloppée de destin : presque tout était décidé pour moi.

Par exemple, je portais la robe de mariée de ma grand-mère, qui était vraiment ravissante. Dieu merci. C'était une robe fourreau en soie crème, simple et élégante. Même mes courbes ne la remplissaient pas trop. J'ai pu choisir mes propres chaussures, donc ça c'était amusant. Je vous en dirai plus sur l'histoire de ma famille plus tard. Je devais me décider pour ce fichu collier.

Lea se tenait devant moi de l'autre côté du comptoir chez Persnicket Potions & Gifts, la boutique que je gérais pour ma famille, les Wicked. Nous vendions des potions et des cadeaux. À l'ère moderne, nous appelions les potions des « remèdes », ce qu'elles étaient par définition. Il se trouvait simplement qu'elles contenaient toutes une pincée de magie, et qu'elles fonctionnaient *vraiment*.

Mais je m'égare. Les lunettes rouge vif de Lea étaient perchées sur son nez et ses cheveux argentés étaient retenus en chignon par des baguettes assorties. J'étais presque certaine de ne l'avoir jamais vue manger avec des baguettes, mais elle en avait plein pour ses cheveux.

Ses yeux bleus se plissèrent. — Tu ne peux pas tergiverser sur ces détails éternellement. Il ne te reste que quatre semaines. Je dois faire polir ça, et tout doit t'attendre en Écosse pour le jour de la cérémonie.

Je retins un soupir et concentrai docilement mon attention sur les deux colliers devant moi. — Celui-là, dis-je en pointant celui à ma gauche. J'adore les perles, et je pense qu'elles vont mieux avec ma robe. L'autre est un peu plus élaboré, tu ne trouves pas ?

— Je suis absolument d'accord, répondit-elle solennellement.

— Eh bien, alléluia, dis-je en levant les yeux au ciel.

Lea posa une main sur sa hanche et soupira. — Je pense que nous avons tous été très attentifs à ce que tu te sentes impliquée dans ce processus, ma chérie.

— Étant donné que ce sera mon mariage et mon union, je suis ravie que tu aies l'impression d'avoir fait un effort pour m'inclure. Une expression peinée apparut dans ses yeux, et je ressentis une pointe de culpabilité. — Je plaisante. Un mariage représente énormément de travail. Honnêtement, j'apprécie le fait de ne pas avoir à faire autant de choses que la plupart des gens avec l'aide de tout le monde. J'adore ma robe et j'adore ce collier.

La clochette au-dessus de la porte du magasin tinta, et Daniel Levesque, le chef de la police de Charm Cove, entra. Il était en uniforme, ce qui me mit immédiatement sur mes gardes.

Daniel jeta un coup d'œil autour du magasin, inspectant presque les lieux en s'approchant de nous. En ce moment, par un petit miracle, il n'y avait que Lea et moi. Nous n'étions pas encore officiellement ouverts, mais j'avais laissé la porte d'entrée déverrouillée quand elle était arrivée. Nous serions occupées dans la demi-heure à venir, étant donné que nous étions au cœur de l'été.

Daniel s'arrêta à côté de Lea et hocha la tête. — Bonjour Lea, comment vas-tu ce matin ? demanda-t-il.

— Très bien, Daniel. Tu es si élégant dans ton uniforme, dit-elle avec un clin d'œil.

Daniel arqua un sourcil. Avec ses cheveux bruns foncés et ses yeux d'un brun profond, Daniel était plutôt séduisant et aussi très heureux en ménage avec ma meilleure amie Zoe. Ils attendaient également un bébé pour bientôt.

— Qu'est-ce qui t'amène ici ce matin ? demandai-je.

Daniel appuya sa hanche contre le comptoir en face de moi. La vitrine servait aussi de comptoir. Lea avait voulu l'effet complet, comme elle disait, pour que je voie les colliers, alors elle les avait placés dans la vitrine sur le riche velours bleu qui la tapissait.

Daniel passa une main dans ses cheveux et soupira. — Je me suis dit que je pourrais aussi bien commencer ici. J'ai vu la voiture de Lea, alors j'ai pensé que je pourrais vous attraper toutes les deux.

— De quoi s'agit-il ? demanda Lea, son attention complètement détournée des préparatifs de mariage maintenant.

— Eh bien, c'est un peu bizarre, commença Daniel.

— Bizarre ? intervins-je.

— Oui, bizarre. Si on considère que tout le monde sur un bateau de pêche rapporte avoir entendu une sirène, répondit Daniel.

— Tu veux dire comme une sirène de police ? demandai-je.

— Euh, non. Le genre de sirène qui attire les hommes, précisa Daniel.

— Quoi ?!

— Oh mon Dieu ! L'exclamation de Lea se mêla à la mienne.

— Voilà, le bateau a dévié de sa route hier soir jusque dans le Massachusetts. Au lieu d'accoster à Boston, ils sont remontés ici dans le Maine jusqu'à une des petites îles sans nom et ont échoué leur bateau dessus.

Les yeux de Lea s'écarquillèrent. — Oh là là. Alors en quoi sommes-nous concernées ?

— Toi en particulier, en rien. Je me suis juste dit que vous pourriez en savoir plus sur les sirènes que moi. Tous les gars sur ce bateau rapportent qu'une femme les appelait à travers la mer. En fait, la plupart d'entre eux l'appellent une sirène et déclarent que c'est la plus belle femme qu'ils aient jamais vue.

Je gémis.

— Sont-ils sûrs que c'était une sirène ? répéta Lea.

Daniel hocha lentement la tête. — C'est exact. Tous ont décrit la même chose, une voix qui les appelait à travers l'océan. Ils semblent n'avoir aucune idée de pourquoi ils ont conduit leur bateau sur l'île et l'ont bien amoché. J'ai tout juste réussi à éviter l'intervention des Gardes-côtes parce que tout le monde était sain et sauf. Heureusement, cette île particulière n'est pas trop rocheuse. Il y avait des inquiétudes qu'ils se soient perdus en mer, bien que le temps fût clément.

— L'autre problème ? Un bateau de pêche local a signalé la même chose. Ils ont échoué leur bateau du même côté de l'île. Tout indique quelque chose de... eh bien, quelque chose de surnaturel. Avec tout ce qui s'est passé il y a quelques mois avec les marguerites, la dernière chose dont cette ville a besoin, c'est d'attirer l'attention sur le genre de magie que nous pourrions pratiquer. J'ai pensé qu'il valait mieux qu'on réfléchisse à ce qu'il faut faire ensuite.

J'ai soupiré silencieusement. Juste au moment où je pensais que l'ennui était une bonne chose.

La nouvelle s'est répandue rapidement dans la ville à propos de la prétendue sirène sur l'île au large de la côte. Heureusement que j'avais beaucoup d'aide pour préparer mon mariage, parce que tout indiquait un problème. Plus précisément, un problème de sirène. Selon les livres d'histoire, cela faisait bien trois cents ans qu'il n'y avait eu aucun incident documenté impliquant une sirène. Comme par hasard, l'une d'elles *devait* apparaître près de Charm Cove, dans le Maine, quelques semaines avant mon mariage.

CHAPITRE DEUX

Je m'étais calée dans le coin du box à l'Enchanted Spirits, le bras de Liam posé sur mes épaules. Liam, c'est Liam Good, mon fiancé, un sorcier et un homme séduisant avec ses cheveux noirs et ses yeux bleus. Nous étions réunis ici avec des amis et de la famille, une occurrence courante sauf pour ce soir, où tous les autres sujets de commérages avaient été éclipsés par les rumeurs qui circulaient à propos du légendaire chant de sirène juste au large de Charm Cove.

— Ça ne peut pas *vraiment* être une sirène, dit ma cousine Emma en levant les yeux au ciel. Elle leva la main pour resserrer l'élastique qui retenait ses cheveux noirs en queue de cheval.

Son petit ami, Jackson, haussa les épaules.

— Eh bien, nous avons maintenant trois bateaux dont tous les hommes à bord affirment avoir entendu un magnifique chant les appelant à travers la mer.

Les épaules de Liam tremblèrent légèrement sous l'effet du rire.

— C'est dingue.

Daniel était assis en face de nous, à côté de sa femme et ma meilleure amie, Zoe, et il leva les yeux au ciel. Violemment.

— C'est complètement ridicule. En grandissant ici, j'ai entendu plein d'histoires sur les sorts, les sorcières, les sorciers et tout ça, mais je n'ai jamais entendu personne mentionner quoi que ce soit à propos de sirènes.

Les boucles brunes de Zoe se balancèrent alors qu'elle secouait la tête.

— C'est parce qu'il n'y en a pas.

Liam intervint.

— Eh bien, selon ma mère, l'histoire a enregistré quelques cas. Il faisait référence à sa mère Alice, qui était la généalogiste des sorcières et sorciers résidente de Charm Cove. Elle était également considérée comme une experte mondiale dans ce type spécifique d'histoire pour quiconque savait que les sorcières et les sorciers existaient vraiment. Avec notre petite ville servant de centre de pouvoir surnaturel, cela avait du sens.

— D'accord, qu'est-ce que ta mère sait d'autre ? demanda Daniel. Je suis sérieux maintenant.

Le pauvre Daniel devait enquêter sur ces trois naufrages sur une île sans nom au large de la côte. Les résidents avaient déjà commencé à appeler l'île Chant de Sirène. Après les deux premiers bateaux ce matin, un autre s'était échoué sur l'île en début d'après-midi.

— Tu devrais parler avec elle pour avoir tous les détails, mais quand je l'ai vue cet après-midi, elle a dit qu'il y avait eu quatre incidents connus dans l'histoire des sorcières. Le dernier a été signalé au large des côtes d'Irlande, expliqua Liam.

Daniel hocha lentement la tête puis rejeta la tête en arrière avec un soupir.

— Que Dieu me vienne en aide. Une sirène et trois naufrages en une seule journée.

À ce moment-là, Nathan Good, le cousin de Liam, arriva à la table. Il offrit un salut général.

— Salut, il y a de la place pour moi ?

— Prends une chaise, répondit Liam, en désignant une chaise vide à une table voisine.

Après que Nathan fut revenu avec la chaise, il s'assit et regarda autour de lui.

— Je vais aller sur cette île demain, annonça-t-il.

— Tu es fou ? demandai-je.

—Je ne suis pas fou, mais je veux voir cette sirène.

Daniel plissa les yeux, se penchant en avant et prenant une gorgée de sa bière.

— C'est une scène de crime.

— C'est un crime d'échouer un bateau ? demanda Nathan, avec un peu trop d'enthousiasme à mon goût.

— S'il te plaît, ne fais pas ça, dit Daniel. Les Garde-côtes arrivent demain. Bien que ce ne soit pas techniquement une situation criminelle, ils voudront examiner tout. Si tu y vas et que tu fais s'écraser un autre bateau, ce sera juste une chose de plus à gérer pour nous.

Nathan afficha un large sourire et haussa les épaules.

— D'accord. J'attendrai que tu me donnes le feu vert.

La conversation continua, mais il était impossible de garder le sujet éloigné de la prétendue sirène pendant plus de quelques minutes. Les gens s'arrêtaient pour poser des questions à Daniel et les spéculations allaient bon train. Le bar avait déjà un pool de paris sur combien de bateaux supplémentaires seraient attirés par la sirène.

Alors que nous partions ce soir-là, sortant dans la fraîcheur de la soirée d'été, je levai les yeux vers Liam.

— Je ne m'attendais pas à devoir gérer une sirène quatre semaines avant notre mariage.

Ses yeux bleus brillaient dans la lumière argentée tandis qu'il souriait.

—Je ne pense pas que nous aurions pu prévoir cela.

Notre mariage approchait rapidement. Nous allions nous marier en Écosse. Un contingent de sorcières et de sorciers de Charm Cove et de quelques autres régions du monde s'y réunissaient pour le mariage. Nous allions à la rencontre de notre destin, comme le disait la légende.

Un Wicked et un Good étaient destinés à se marier à chaque génération. Un sort vieux de plusieurs siècles garantissait que nous tomberions amoureux. Liam et moi n'avions eu aucun problème avec cette partie. Nous nous étions même remis ensemble après une rupture de quelques années. Avec nos deux familles et beaucoup d'autres parties prenantes qui mettaient leur nez dans les affaires, nous avions décidé de nous marier en Écosse où nos ancêtres originels s'étaient mariés quelques siècles auparavant.

— Eh bien, espérons simplement que personne que nous connaissons ne se fasse prendre par le chant de la sirène, ajoutai-je.

Liam rit doucement, se penchant et pressant ses lèvres contre les miennes.

———

Le lendemain matin, j'ai retrouvé ma mère et ma tante Penelope pour un café chez Magic Beans. Elles voulaient discuter de quelques derniers détails concernant l'organisation du mariage. Au cours des derniers mois, j'avais découvert qu'il valait mieux simplement écouter, hocher la tête et laisser les autres faire tout le travail. Je me sentais un peu coupable, mais cela semblait être la seule façon de gérer la tendance de ma famille à tout contrôler.

Un délicieux café et un scone aux myrtilles à la main, je me suis faufilée entre les tables pour m'asseoir en face de ma mère. Camilla Wicked a levé les yeux avec un sourire, ses yeux verts plissés aux coins. J'avais hérité de son teint : des cheveux noirs, lisses et brillants, et des yeux d'un vert éclatant. C'était tellement stéréotypé pour une sorcière que c'en était parfois agaçant.

Bien que ma famille soit d'origine irlandaise, écossaise et française, le monde des sorcières était très diversifié. Nous avions des sorcières dispersées partout dans le monde. Les pouvoirs de sorcellerie ne faisaient pas de discrimination, et j'en étais reconnaissante.

— Bonjour, ma chérie, gazouilla ma mère en se penchant pour déposer un baiser sur ma joue.

— Bonjour, Maman. Penelope nous rejoint toujours ici ?

Ma mère prit une gorgée de café avant de répondre. — Bien sûr. Elle est en retard. Comme d'habitude.

J'ai souri. — Je ne peux pas me plaindre, vu que je suis généralement en retard moi aussi. J'ai pris une bouchée de mon scone, tournant la tête quand j'ai entendu mon nom.

Penelope me faisait signe de la main depuis l'arrière de la file d'attente près du comptoir. C'était la sœur de mon père, grande comme lui, avec des cheveux sombres parsemés d'argent et des yeux bleus. J'ai rendu son salut.

— Alors, de quoi vouliez-vous parler ce matin ? ai-je demandé à ma mère entre deux gorgées de café.

— Eh bien, je crois que tout est prêt pour la cérémonie. Il nous reste juste à finaliser le menu pour la réception.

J'avais envie de lui dire que ça m'était égal. Parce que je savais que tout ce que ma mère et ma collection de tantes choisiraient serait quelque chose qui me plairait. Je n'étais pas difficile en matière de nourriture, heureusement. Mais je savais qu'elles voudraient que je regarde le menu, alors j'ai hoché la tête.

— Penelope a une liste d'idées. L'auberge où nous organisons la réception propose plusieurs options au choix, ajouta ma mère.

Penelope arriva dans un tourbillon, son ensemble de bracelets argentés tintant alors qu'elle se penchait pour embrasser ma mère et moi sur les joues. — Bonjour, mes chéries. Désolée d'être en retard. Je vous jure que ce n'était pas intentionnel. Peu importe ce que je fais, je suis toujours cinq minutes en retard.

Elle s'assit avec un soupir, sortant immédiatement sa tablette de son grand sac à main et tapotant pour ouvrir quelques écrans. Je ne pouvais pas reprocher à ma famille son efficacité. Elle ne s'embarrassa même pas des politesses et plongea directement dans la planification du menu. Comme je l'avais deviné, tout ce que j'avais à faire était d'acquiescer à tout ce qui semblait les enthousiasmer.

Nous avions déterminé le menu de la réception en quinze minutes à peine. Penelope me jeta un coup d'œil une fois que nous eûmes terminé. — Si tu avais le mariage ici, nous ferions des dégustations, mais comme ce n'est pas le cas, nous nous fierons à notre meilleur jugement.

— Ça me va, dis-je avec un sourire.

— Alors, dit Penelope en se penchant en avant, des nouvelles concernant la sirène ?

— Je pense que nous devrions éviter de l'appeler une sirène tant que nous n'en saurons pas un peu plus sur la situation, lui dit ma mère.

— Comment l'appeler autrement ? Hier, trois bateaux de pêche remplis d'hommes ont tous entendu une sirène leur chanter et ont affirmé que c'était la plus belle voix jamais entendue avant d'échouer leurs bateaux sur la rive de cette petite île ridicule. Dieu merci, ce n'est pas l'une des plus rocheuses, dit Penelope en levant les yeux au ciel.

Je n'ai pas pu retenir mon rire. Quand je me suis calmée, j'ai regardé ma mère avec un sourire penaud. — Désolée, Maman. Je comprends ton inquiétude, mais c'est la façon la plus simple de le décrire.

Ma mère poussa un soupir, lançant un faux regard réprobateur entre Penelope et moi.

— Sérieusement, avez-vous entendu quelque chose ? ai-je demandé.

— J'ai parlé à Alice ce matin, commença ma mère, faisant référence à la mère de Liam. Il y a bien des sirènes, c'est juste rare. On dit que c'est une forme très rare de pouvoir de sorcière, si rare qu'elle n'est pas bien documentée.

— Je suis sûre qu'Alice en sait plus. Qu'est-ce que c'est ? intervint Penelope.

— Il y a quatre cas connus de pouvoir de sirène documentés. Les deux plus récents étaient au large de l'Irlande et les deux autres près de la France. Bien sûr, ce sont les cas documentés dans l'histoire. S'il y en a d'autres, nous ne le savons pas. Des deux au large de l'Irlande, l'un est un parent éloigné de la famille Wicked, et l'autre appartient à une autre famille de sorcières. Des deux près de la France, un autre était un parent Wicked, assez éloigné cependant. L'autre venait d'un parent éloigné de la famille Howe.

— Je ne comprends pas pourquoi une sirène, ou plutôt une sorcière qui a des pouvoirs de sirène, se montrerait au large de nos côtes. Dans quel but ? Personne n'a été blessé, et aucun des hommes n'a rien vu une fois arrivés sur l'île, ai-je proposé.

— Selon Alice, ces quatre cas documentés étaient des sorcières qui possédaient également le pouvoir d'invisibilité, ajouta ma mère.

Penelope claqua de la langue. — Ça *n'aidera pas* Daniel à enquêter. Il a déclaré que c'était une scène de crime à cause des naufrages.

— Il a dit qu'il devait sécuriser les lieux pour les Garde-côtes. Dieu merci, Daryl Parker ne fait plus partie des Garde-côtes ici. Il n'était que source de problèmes. J'espère sincèrement qu'ils l'ont dégradé, dit ma mère en pinçant les lèvres.

Daryl était un sorcier qui avait gravi les échelons dans les Garde-côtes et qui avait l'intention de voler du pouvoir. Parmi les pouvoirs qu'il avait tenté de voler se trouvait le sort alimentant le phare de Beacon's Charm ici. Suite à cela, il avait été renvoyé des Garde-côtes.

Un contingent de sorcières et de sorciers s'était également uni pour annuler son pouvoir.

— Quoi qu'il en soit, ça devrait être intéressant. Que ce soit résolu ou non, mon mariage aura lieu à l'heure prévue, dis-je fermement.

— Absolument, s'exclama Penelope, levant la main comme pour acclamer.

— Bon, je devrais aller au magasin. C'est le centre névralgique des commérages, alors je vous enverrai un message si j'apprends quoi que ce soit sur notre prétendue sirène, dis-je en apercevant l'heure sur l'horloge au-dessus de la porte.

— Au revoir, ma chérie, dirent ma mère et Penelope à l'unisson.

Ils sont restés en arrière, certainement pour spéculer davantage sur la sirène tandis que je me levais pour partir. Avec un signe de la main, je suis sortie de Magic Beans pour rejoindre le trottoir bondé. C'était presque l'heure d'ouverture pour ma boutique et pour pratiquement tous les autres commerces du centre-ville de Charm Cove. Nous étions au cœur de l'été, et la côte du Maine était envahie de touristes partout. À cet égard, Charm Cove ne faisait pas exception. Nous avions finalement réussi à nous débarrasser des dernières fleurs de notre petit incident printanier où les marguerites avaient envahi la ville, et la circulation était redevenue normale ces jours-ci.

Tandis que je traversais rapidement la place de la ville, j'ai fait un signe à Beatrice Powers qui faisait sa marche rapide habituelle avec son groupe, menant la cadence dans son polaire rose vif. J'espérais que Beatrice passerait à la boutique plus tard. Elle avait généralement l'oreille qui traîne et aurait probablement les derniers potins sur la prétendue sirène.

L'enseigne fantaisiste bleue et violette de Persnickety Potions & Gifts est apparue lorsque j'ai atteint l'autre côté de la place, m'arrêtant pour laisser passer quelques voitures avant de traverser la rue. Une fois dans la boutique, je me suis précipitée vers l'arrière, déposant mon sac à main et désactivant rapidement les sorts de protection sur les portes avant et arrière. L'avantage d'être une sorcière, c'est qu'on ne dépend pas uniquement des serrures.

En repassant par le rideau de perles vers l'avant de la boutique, j'ai allumé notre caisse enregistreuse informatisée et fait un rapide tour

des lieux, m'assurant que les étagères étaient en ordre et notant mentalement ce que je devrais réapprovisionner au cours de la journée.

Nous vendions une variété d'articles — beaucoup de cadeaux, des
bijoux, de l'art local et autres. De plus, nous vendions des potions étique-
tées comme remèdes à base de plantes pour le grand public. Nous étions
connus pour avoir certains des meilleurs au monde. À moins d'être
sorcier, personne ne saurait qu'ils étaient en réalité enchantés, tout
comme nos bijoux. Dans le même esprit, nous vendions même quelques
baguettes décoratives pour s'amuser. Elles étaient rarement enchantées,
mais de temps en temps, nous en imprégnions certaines de magie.

Dès que l'horloge a indiqué 9 h, j'ai retourné l'écriteau sur Ouvert
et déverrouillé la porte d'entrée. En quelques minutes, des clients
flânaient déjà parmi les présentoirs, et je me suis laissée emporter par
une journée bien remplie. C'était maintenant mon deuxième été de
retour à Charm Cove depuis mon retour l'année dernière. Je m'étais
installée dans une routine et j'étais entièrement responsable de la
gestion de la boutique, ce qui, comme je l'ai découvert, me plaisait. Qui
l'eût cru ?

Il fut un temps où j'avais essayé d'échapper à mes pouvoirs de
sorcière, mais j'aurais dû savoir que c'était peine perdue. Le destin, si
on peut dire, m'avait ramenée ici. Je ne l'admettrais peut-être jamais à
ma famille, mais j'en étais soulagée.

Vers l'heure du déjeuner, j'ai levé les yeux quand la clochette a tinté
au-dessus de la porte. Je n'ai pas été surprise de voir Lea entrer. Elle
passait presque quotidiennement, m'apportant souvent le déjeuner ou
appelant à l'avance pour savoir si j'en avais besoin. Elle a brandi un
petit sac en papier avec l'étiquette distinctive du Charm Café. — Je t'ai
apporté à déjeuner, ma chérie, a-t-elle lancé, s'arrêtant pour discuter
avec une cliente qui regardait nos bracelets à breloques dans l'une des
vitrines.

Lea gérait autrefois la boutique, mais elle m'avait passé les rênes
l'année dernière après un épisode de cancer, qu'elle avait vaincu avec
succès. Personne qui la connaissait n'en avait été surpris.

J'ai terminé d'encaisser une cliente juste au moment où elle
contournait le comptoir et se glissait sur un tabouret à côté de

moi. — Eh bien, je vois que c'est animé cet après-midi. Comment s'est passée la matinée ?

— À peu près pareil, ai-je répondu avec un sourire. Qu'as-tu apporté pour le déjeuner ?

— Un sandwich au rosbif et des frites de patate douce. Je m'occuperai de la caisse pendant que tu manges.

Nous avons échangé nos places, et elle a bavardé avec les clients tandis que je m'asseyais à côté d'elle pour savourer mon déjeuner. Toute la matinée, il y avait eu divers commentaires sur la prétendue sirène, presque tout le monde appelant l'île Chant de Sirène. L'île sans nom venait de se faire baptiser. Trois naufrages en une journée, c'était une nouvelle importante sur la côte du Maine.

En raison d'allégations concernant des bateaux de pêche coulés par dépit ces dernières années, certains spéculaient que ces événements pouvaient être liés. Justement, une femme discutait avec son amie pendant qu'elles réglaient leurs achats.

— Eh bien, si vous voulez mon avis, c'est probablement ce dont il s'agit. Ces derniers temps, avec la baisse des prix des fruits de mer, les gens font des choses insensées.

Son amie a suggéré : — C'est vrai, mais toute cette histoire tournait autour d'un trafic de drogue qui a mal tourné, non ?

L'autre amie a haussé les épaules. — Qui sait ? De toute façon, c'est l'explication la plus probable. Il n'y a pas de sirène qui appelle les hommes à s'écraser sur une île. C'est absurde.

— Mais nous sommes à Charm Cove, a protesté son amie, échangeant un sourire entre Lea et moi. Il y a eu cette histoire folle de marguerites le printemps dernier.

J'ai fini de mâcher une bouchée de mon sandwich. — Croyez-moi, nous aimerions que ce soit plus excitant ici, mais cette histoire de marguerites n'était qu'un phénomène étrange.

C'était à peu près la seule façon dont je pouvais expliquer innocemment que notre ville entière avait été couverte de marguerites poussant de manière incontrôlable et tombant du ciel. Bien sûr, je mentais, puisque je savais parfaitement qu'un sort avait échappé à tout contrôle et causé le, *hum*, « problème de marguerites ». Mais nous n'avions vraiment *pas* besoin que quiconque en dehors du monde des sorcières le sache.

Lea a ajouté : — Les sirènes n'existent pas. Pour ce qu'on en sait, on découvrira peut-être que tout le monde s'est mis d'accord pour toucher l'argent de l'assurance pour leurs bateaux.

— Comment vont-ils obtenir l'argent de l'assurance s'ils racontent tous cette histoire folle de sirène ? a demandé l'une des femmes.

Lea les a encaissées, faisant tss-tss et levant les yeux au ciel. — *Ça*, c'est certainement une explication logique. Ces bateaux valent beaucoup d'argent. S'ils peuvent obtenir leur argent d'assurance, ils s'en tireront avec un joli pécule. Après cela, elle a habilement changé de sujet pour parler du beau temps et leur a fait quelques suggestions sur les endroits où elles pourraient déjeuner.

Pendant une petite accalmie dans l'après-midi, Lea a croisé mon regard et parlé à voix basse. — Je m'inquiète un peu que cette sirène soit une vraie chose. Le dernier bateau qui s'est écrasé hier était piloté par un sorcier, Thad Lewis, l'un des neveux de Tom Lewis, assez puissant et pas idiot du tout.

— Qu'a-t-il dit à ce sujet ? ai-je demandé.

— Comme les hommes des autres bateaux, il prétend avoir vu une vision d'une belle femme et entendu un chant. Il a dit qu'ils ne pouvaient rien voir jusqu'à ce qu'ils s'échouent sur l'île. Encore une fois, personne n'a été blessé. Bien que l'histoire d'assurance semble plutôt plausible, je ne sais vraiment pas quoi penser.

— Est-ce que Thad a parlé à Daniel ?

— Bien sûr. Et il sait que Daniel est marié à une sorcière, alors il lui a dit la vérité. Daniel, évidemment, n'a aucune idée de comment présenter ça aux Garde-côtes, dit Lea en secouant la tête. Tu as entendu autre chose des gens qui sont passés à la boutique ce matin ?

— Rien de plus que des rumeurs folles.

— J'ai parlé à ta mère, et nous prévoyons de dîner chez Alice ce soir. Je pense que toi et Liam devriez vous joindre à nous.

— Je suis sûre que les parents de Liam lui en ont déjà parlé.

À ce moment-là, un autre groupe de clients arriva au comptoir, et Lea sourit radieusement en commençant à bavarder avec eux.

CHAPITRE TROIS

Après la fermeture du magasin ce soir-là, j'ai fait monter mes cousines jumelles dans ma voiture pour les emmener dîner avec nos familles respectives. Celia et Delia étaient des jumelles identiques et les plus jeunes de tous les cousins de ma génération. Elles étaient les filles de Lea, une surprise pour elle et Jacob. Elles avaient hérité des cheveux noirs et des yeux bleu vif de leur mère. Avec leurs visages ronds et leurs sourires faciles, elles étaient tout simplement adorables à quinze ans et généralement occupées à faire des bêtises. Je leur avais promis que nous passerions par Maple Mayhem, une confiserie d'érable en ville, avant de rejoindre tout le monde chez les parents de Liam.

— Devant ! s'écria Delia en courant vers ma voiture. Glissant sur le siège avec des yeux pétillants, elle jeta un coup d'œil à sa sœur à l'arrière et lui tira la langue.

Celia leva les yeux au ciel, imitant sa sœur en tirant également la langue. J'ai ri tandis que nous parcourions la courte distance jusqu'à Maple Mayhem.

— Bon, les filles, dis-je alors que nous sortions de la voiture pour entrer dans le magasin, pas plus de trois articles chacune.

— On ne peut pas prendre quelque chose pour le dessert de tout le monde ? intervint Celia.

— Prenons la glace à l'érable pour ça, proposai-je.

Les jumelles filèrent dès que nous entrâmes dans le magasin. Maple Mayhem était installé dans une vieille maison du centre-ville de Charm Cove, comme beaucoup d'autres commerces du coin. Je me dirigeai vers le fond où un long comptoir traversait toute la largeur du magasin.

M'accoudant au comptoir en chêne luisant, je souris à Helen Sweet. La famille Sweet possédait Maple Mayhem depuis sa création. — Salut, Helen, comment ça va ? demandai-je.

Elle leva les yeux avec un sourire de là où elle notait quelque chose sur un bloc-notes. — Journée chargée. Et toi ?

— Pareil. Peut-on avoir un litre de glace à l'érable ? Ils gardaient leur glace à l'érable spéciale à l'arrière. — Dès que les jumelles auront trouvé ce qu'elles veulent, tu pourras l'ajouter au reste.

Helen glissa son stylo derrière son oreille et se retourna pour chercher la glace dans le congélateur derrière elle. La mettant dans un sac en papier, elle la posa sur le comptoir, appuyant ses mains contre le bord de la vitrine pendant que nous attendions les jumelles. — Bon sang, j'en ai entendu plus qu'assez sur cette sirène aujourd'hui, commenta-t-elle.

— Oh, pareil ici.

— L'explication la plus probable est celle de l'assurance, ajouta-t-elle.

J'acquiesçai. — C'est définitivement ce qui a le plus de sens. Bien que la famille Sweet ne soit pas une famille de sorciers, ils connaissaient l'existence des sorcières et des sorciers et étaient amicaux. Cela dit, je préférais ne pas spéculer sur les possibilités d'une sorcière avec des pouvoirs de sirène avec Helen.

Les jumelles arrivèrent avec les trois articles convenus pour elles-mêmes. Pendant qu'Helen nous encaissait, une autre cliente s'approcha du comptoir. Je me retournai, supposant initialement que la femme était une touriste, mais je sentis immédiatement qu'elle était une sorcière.

À ce moment, j'aurais aimé que mon père, qui avait la capacité de sentir si quelqu'un possédait des pouvoirs, soit là. Cette femme était grande, élancée et absolument éblouissante. Elle avait des cheveux bruns brillants et des yeux bleu profond assortis à une peau caramel lisse. Elle était, pour faire simple, très belle. Quand elle parla, sa voix était mélodieuse. — Excusez-moi.

Helen leva les yeux de derrière la caisse. — Oui ?

— Je cherche la maison de Nathan Good.

Eh bien, tout cela semblait plutôt étrange. Les yeux d'Helen se tournèrent vers moi. Je fronçai le nez, souhaitant avoir le pouvoir de télépathie à ce moment-là. Ça ne semblait pas correct de donner ce genre d'informations à une inconnue. Cela dit, ce ne serait pas difficile de découvrir où Nathan habitait si elle demandait en ville.

Nathan, entre autres choses, était responsable du phare de la ville, le phare Beacon's Charm. Il possédait également une entreprise de production de sirop d'érable, qui était beaucoup moins occupée à cette période de l'année. La plupart des jours durant l'été, il organisait occasionnellement des visites du phare, ainsi que des sorties de pêche ici et là. Il vivait juste en face du phare.

Helen regarda à nouveau la femme, son scepticisme clairement visible dans son regard. — Je ne donne généralement pas d'adresses à des inconnus. Sans vouloir vous offenser, dit-elle poliment.

La femme fixa Helen pendant quelques instants avant de se tourner vers moi. — Peut-être pourriez-vous m'aider alors, dit-elle avec expectative.

— Je suis désolée, je ne donne pas non plus d'adresses habituellement. Peut-être pourriez-vous nous dire pourquoi vous cherchez Nathan, répondis-je.

La femme avait un air presque royal et releva légèrement le menton. — C'est un parent éloigné, et je viens de Louisiane.

Delia regarda la femme. — Si Nathan est un parent éloigné, alors vous avez beaucoup de parents éloignés ici. Il y a des tas de Good à Charm Cove. Pourquoi cherchez-vous Nathan en particulier ? demanda-t-elle, les yeux plissés.

La femme baissa les yeux vers Delia comme si elle ne savait pas trop quoi faire de son impertinence. — Je ne vois pas en quoi cela vous regarde. Et par éloigné, je veux dire cousin au cinquième degré une fois éloigné.

Comme si ce détail rendait les choses meilleures.

Celia intervint. — Eh bien, nous ne voyons pas en quoi savoir où il habite vous regarde.

J'ai dû me mordre l'intérieur des joues pour ne pas rire. La femme se contenta de tourner les talons et de sortir.

— C'était bizarre, commenta Delia alors que nous regardions la femme s'éloigner à travers les vitres de devant.

— Bizarre est certainement une façon de le dire, aussi un peu fouineuse et impolie, ajoutai-je. — Normalement, je vous dirais d'être plus polies, mais dans ces circonstances, je pense que c'était tout à fait approprié.

— C'était certainement étrange, confirma Helen de l'autre côté du comptoir.

———

— Que veux-tu dire ? demanda ma mère de l'autre côté de la table.

Nous avions terminé de dîner avec les parents de Liam et savourions des digestifs. En plus de Liam et moi, ma mère, mon père, Lea et Jacob, Penelope, et la petite sœur de Liam, Juliette, s'étaient joints à nous.

Les jumeaux s'étaient précipités hors de la salle à manger pour regarder leur émission préférée à la télévision une fois qu'ils en avaient eu l'autorisation. Je venais de terminer de résumer notre rencontre avec la femme chez Maple Mayhem.

— Eh bien, toute cette histoire était étrange. Elle était absolument magnifique avec de superbes cheveux bruns et des yeux bleu vif. Elle a dit qu'elle venait de La Nouvelle-Orléans. Je parierais qu'elle est une sorcière. — Me tournant vers mon père, j'ajoutai : — J'aurais aimé que tu sois là. Tu aurais su si elle possédait de la magie.

Mon père, Gabriel Wicked, haussa les épaules avant de prendre une gorgée de bière. Mon père était généralement silencieux et dégageait une aura sombre. Avec ses cheveux argentés, ses yeux bleus et ses traits classiquement beaux, il avait bien vieilli. — Si je la vois, je m'assurerai de m'approcher suffisamment pour vérifier, proposa-t-il.

— As-tu vu Nathan aujourd'hui ? demandai-je, en regardant Liam qui était assis à côté de moi, son bras posé sur mes épaules.

Il secoua la tête, prenant une gorgée de sa bière. — Tu n'aurais pas obtenu son nom, par hasard ? demanda ma mère.

— Non, elle s'est retournée et est partie avant que nous ayons eu une chance.

Alice nous avait informés de ce qu'elle avait pu glaner dans ses livres d'histoire et de généalogie des sorcières. Au-delà des détails superficiels, qui consistaient en un total de quatre histoires de sirènes parmi les familles de sorcières, elle avait appris l'étendue de ce qui s'était passé.

Toutes impliquaient des naufrages de navires. Toutes sauf une ne rapportaient aucun décès. Les hommes écrasaient leurs navires sur des rochers, attirés par le prétendu chant de sirène. Alice avait retrouvé quelques journaux intimes dans les nombreux documents qu'elle conservait. L'un d'eux émettait l'hypothèse que la sirène essayait de faire revenir un homme qui ne lui rendait pas son amour. Au-delà de cela, les détails étaient flous et ne nous offraient que peu d'aide pour comprendre la situation actuelle.

— Puisque nous ne savons rien d'elle, nous devrions demander à Nathan pourquoi une femme de La Nouvelle-Orléans serait ici à sa recherche, ajouta Juliette. Comme son frère, Juliette avait les cheveux noirs et les yeux bleus. Elle offrit ce commentaire en levant les yeux au ciel.

— C'est toujours l'explication la plus simple, intervint mon père.

— Et quelle serait-elle, chéri ? demanda ma mère.

— Que Nathan la connaît probablement, a eu une aventure avec elle, et qu'elle est revenue pour le retrouver, interrompit Juliette.

Mon père rit doucement et acquiesça.

Ma mère pinça les lèvres avant de prendre une gorgée de son vin. — À ma connaissance, Nathan n'a jamais été à La Nouvelle-Orléans.

— Ce n'est pas parce qu'il n'a jamais été à La Nouvelle-Orléans qu'il n'a jamais rencontré cette femme, répliqua mon père.

Nathan était connu comme un séducteur et un coureur de jupons, alors je ne doutais pas que c'était une explication logique.

Plus tard dans la soirée, après que Liam et moi sommes retournés à la maison d'hôtes que nous partagions sur la propriété de mes parents, notre chat Ghost semblait avoir disparu. — Quand l'as-tu vu pour la dernière fois ? demandai-je.

— Ce matin, juste avant que je parte au travail, répondit Liam.

Ghost se promenait librement et avait une chatière pour entrer et sortir à sa guise, mais c'était un chat plutôt fiable qui nous accueillait habituellement à la maison le soir. Il aimait son dîner spécial de pâtée, en plus de la nourriture sèche habituelle que nous lui laissions.

— Ghost, appelai-je, ma voix résonnant dans la maison vide.

Pendant que Liam sortait sur la terrasse arrière, je fouillais le rez-de-chaussée. La maison d'hôtes avait été entièrement rénovée en espace habitable. Le rez-de-chaussée était un grand espace ouvert. La cuisine occupait un côté avec un comptoir le long du mur et un îlot la séparant du salon. Il y avait une salle à manger juste au-delà de la cuisine avec une petite table ronde à côté d'une baie vitrée qui donnait sur l'arrière-cour. La cour était une étendue de pelouse avec des arbres éparpillés et l'océan Atlantique au loin. Un canapé d'angle avec une télévision au-dessus de la cheminée se trouvait de l'autre côté.

Après avoir regardé dans tous les endroits préférés de Ghost pour faire la sieste, je montai en courant l'escalier en colimaçon, vérifiant le balcon et les deux chambres. Il était introuvable. Rejoignant Liam dehors, je levai les yeux vers lui. — Une idée d'où il pourrait être ? Ça m'inquiète.

— Vérifions la plage, répondit Liam, me tendant la main.

Comme c'était l'été, même s'il était presque huit heures du soir, les reflets du soleil couchant scintillaient sur l'eau. J'adorais l'été sur la côte du Maine : des journées chaudes et ensoleillées et des soirées fraîches avec l'odeur salée de l'océan flottant dans l'air. Lorsque nous avons atteint la falaise au bord de la pelouse, j'ai appelé Ghost de nouveau. Rien.

L'océan était calme, les vagues roulaient paresseusement vers le rivage, le bruit de l'eau apaisant.

— Attends une seconde, dit Liam, sortant son téléphone et ouvrant l'appareil photo.

— Que fais-tu ?

— J'utilise le téléobjectif pour voir si c'est lui, murmura Liam en réponse tandis qu'il ajustait ses pouces sur l'écran. — Oui, c'est bien lui.

Il me tendit le téléphone et je regardai là où il pointait pour voir Ghost assis au bord de l'eau, juste assez loin pour que, sans le grossissement, il ressemble à une tache blanche.

— Qu'est-ce qu'il fait là-bas ? Il n'aime pas l'eau, dis-je.

— Je ne sais pas ce qu'il fait, mais allons le chercher.

Nous avons emprunté le sentier le long de la falaise. Même si j'appelais Ghost plusieurs fois, il restait exactement où il était, fixant l'océan.

— Il regarde cette île, observa Liam alors que nous nous approchions.

La côte du Maine était parsemée de petites îles, et deux d'entre elles étaient visibles depuis les rivages de Charm Cove. L'une d'elles était l'île désormais connue sous le nom de Chant de Sirène en raison des événements de ces derniers jours.

— Bizarre.

Lorsque nous avons atteint Ghost, il a levé les yeux presque comme si nous l'avions sorti d'une transe. À notre vue, il a laissé échapper un miaulement et a tourné autour de nos chevilles, frottant ses joues contre nos mollets en ronronnant.

— Au moins, il agit normalement maintenant, dis-je en le prenant dans mes bras.

Ghost avait un pelage d'un blanc éclatant. Je l'avais hérité quand j'étais revenue à la maison l'été dernier et que les anciens locataires l'avaient laissé derrière eux. Ma mère croyait qu'ils ne l'avaient pas fait délibérément, mais plutôt que Ghost savait qu'il appartenait ici.

Aussi ridicule que je trouvais cette idée, je m'étais beaucoup attachée à lui, et c'était certainement son petit royaume. Liam tendit la main et frotta ses jointures sous le menton de Ghost, suscitant un ronronnement satisfait tandis que nous nous tournions pour rentrer. Bien que Ghost se promène autour de la falaise et descende occasionnellement à la plage, il n'était pas fan de l'eau. Je ne l'avais certainement jamais vu aussi près du bord auparavant.

Une fois revenus à la maison, Fantôme se comporta comme d'habitude, attendant avec impatience que j'ajoute un peu de nourriture molle dans son bol avant de se rouler en boule sur le canapé avec nous pendant que nous regardions la télévision. Autant je voulais penser qu'il était ridicule qu'il y ait vraiment une magie de sirène à l'œuvre, le comportement de Fantôme me faisait douter.

Je pensais que peut-être le lendemain matin, il se comporterait comme d'habitude et me prouverait que j'avais tort. Au lieu de cela, je me suis levée pour le découvrir à nouveau sur la plage.

CHAPITRE QUATRE

Quelques jours ont passé durant lesquels personne n'a revu la mystérieuse femme qui était apparue à Maple Mayhem à la recherche de Nathan. Il avait déclaré à tous ceux qui le questionnaient qu'il n'avait aucune idée de qui elle était, ni pourquoi elle le cherchait. Bien sûr, il espérait qu'elle le trouve et avait donné un soir à Enchanted Spirits la permission à quiconque de communiquer son adresse.

Pendant ce temps, trois bateaux de pêche supplémentaires se sont échoués sur cette petite île. Je refusais obstinément de commencer à appeler l'île Le Chant de Sirène. Un après-midi, pendant une accalmie à Persnickety Potions & Gifts, Daniel est passé en uniforme complet, alors j'ai tout de suite su qu'il avait des questions officielles de police.

—Salut, Daniel, ai-je lancé dès qu'il a franchi la porte.

Il a levé un gobelet de café de Magic Beans. —Zoe m'a dit de t'en apporter un. Elle a dit que tu appréciais ta dose de l'après-midi, a-t-il dit avec un petit rire en s'approchant du comptoir pour le faire glisser vers moi.

—Zoe me connaît bien. Merci, ai-je répondu avant de prendre une gorgée bienvenue du riche breuvage. —Qu'est-ce qui t'amène ici ? J'apprécie le café, mais j'ai comme l'impression que ce n'est pas la seule raison de ta visite.

Daniel a souri en secouant la tête. —Bien sûr que non. Je fais ma tournée habituelle et j'ai pensé passer voir si tu as entendu quelque chose de nouveau. Tu as un don remarquable pour dénicher les ragots.

—C'est une façon élégante de dire que je suis curieuse, ai-je répliqué avec un sourire.

Daniel a haussé les épaules en souriant. —Sérieusement. Quelles sont les dernières nouvelles du moulin à rumeurs ?

—Je suppose que tu me demandes à propos de l'île. Je refuse de l'appeler Le Chant de Sirène, ai-je dit en secouant la tête. —Rien de majeur. Le consensus général semble être qu'un ou deux de ceux qui se sont écrasés avaient des problèmes financiers et cherchaient peut-être des moyens d'obtenir d'importantes indemnités d'assurance. Je suis sûre que tu as déjà entendu ça, non ?

—Oh certainement. Ça pourrait être plus qu'une rumeur d'ailleurs. Je pense que cette histoire tient la route. Le seul problème, c'est que ça n'explique pas les autres bateaux. Todd et Hank sont tous les deux endettés jusqu'au cou. Après deux mauvaises saisons, ils gagneront probablement plus d'argent avec une indemnité d'assurance que s'ils avaient pêché cette saison. J'espérais que tu aurais peut-être entendu davantage. Pour être honnête, cette histoire de sirène est tellement ridicule que je ne suis pas enclin à y croire. Si nous étions dans n'importe quelle ville autre que Charm Cove, ces gars se feraient rire au nez au commissariat avec une histoire pareille. L'enquêteur des Garde-côtes reste discret, mais il a aussi des contacts avec des sorcières et des sorciers, donc ce n'est pas un idiot.

J'ai affiché un sourire contrit et haussé les épaules. —C'est certaine-ment ridicule. Nous avons rencontré une femme étrange à Maple Mayhem l'autre soir. J'aurais aimé que mon père soit avec nous. Je suis presque certaine que c'est une sorcière.

—Qu'est-ce qu'elle avait d'étrange ? a demandé Daniel.

—Elle est entrée et voulait savoir où habitait Nathan. Elle n'a pas dit pourquoi. Apparemment, elle vient de Louisiane. Elle était vrai-ment très belle. Est-ce que ces hommes qui prétendent avoir vu une sirène t'ont donné une description ?

—Bien sûr. Elle serait grande et belle avec des cheveux bruns et des yeux bleus. Ça ne me donne pas grand-chose pour avancer.

—À part trouver étrange qu'elle pense que quelqu'un lui indiquerait où vit Nathan, et mon intuition qu'elle est une sorcière, il n'y a pas grand-chose à dire.

—Étant donné qu'il y a des sorcières partout en ville, le fait qu'elle en soit une ne signifie pas grand-chose, a dit Daniel en levant les yeux au ciel.

J'ai haussé les épaules. —Je suppose que ta meilleure piste est de suivre la piste de l'assurance. Je garderai certainement l'oreille aux aguets et continuerai à être aussi curieuse que possible, ai-je proposé avec un sourire.

Daniel a ri doucement. —S'il te plaît, fais-le.

À ce moment-là, un client est entré, immédiatement suivi par un autre groupe qui faisait ses achats ensemble. Daniel a levé la main pour saluer en s'éloignant du comptoir. —Passe un bon après-midi.

—Merci pour le café, ai-je répondu en prenant une gorgée et en levant le gobelet en papier en retour.

Je suis restée occupée le reste de l'après-midi. Les jumeaux ne travaillaient pas, ce qui signifiait que je n'ai pas eu de pause vers la fin de la journée et j'étais bien soulagée quand est venu le moment de fermer. Juste au moment où j'atteignais la porte pour retourner l'écriteau sur Fermé, j'ai vu Beatrice Powers me faire signe de l'autre côté de la rue.

En ouvrant la porte, je me suis penchée. —Salut, Beatrice, tu as besoin de quelque chose ?

Beatrice a fait une pause, attendant qu'une voiture passe avant de se dépêcher de traverser. —J'espérais arriver avant que tu ne fermes. Tu as quelques minutes ?

—Pour toi, bien sûr, ai-je répondu avec un sourire.

Le sourire de Beatrice s'est élargi, ses yeux bruns plissés aux coins. Avec ses cheveux argentés courts et sa silhouette élancée, elle ressemblait à un lutin âgé, toujours débordant d'énergie malgré son âge avancé. Elle restait en forme grâce à sa marche rapide et était une sorcière puissante et bien connue à Charm Cove. Comme ma famille, la sienne s'était installée ici il y a plusieurs siècles pour échapper au fléau de l'hystérie à Salem.

—Je suppose que tu n'es pas venue pour faire des achats, ai-je ajouté en ouvrant la porte suffisamment large pour qu'elle se glisse à l'intérieur. En la refermant derrière elle, j'ai verrouillé et éteint les lumières de la vitrine. —Suis-moi à l'arrière pendant que je ferme tout.

En me retournant, j'ai rapidement lancé un sort de protection sur l'entrée principale, puis je l'ai guidée autour du comptoir et à travers le rideau de perles jusqu'à notre réserve à l'arrière. Les murs étaient bordés d'étagères contenant une variété de marchandises. Un mur entier était dédié aux remèdes à base de plantes car nous en vendions beaucoup.

J'ai emporté le tiroir-caisse avec moi et me suis connectée à l'ordinateur du fond. —Alors, qu'est-ce qui t'amène ici ? ai-je demandé en tapant sur le bouton pour calculer les totaux quotidiens.

Beatrice se glissa sur un tabouret à côté de moi. —Je suis sûre que tu as entendu les rumeurs concernant cette possible arnaque à l'assurance avec les naufrages, n'est-ce pas ?

—Bien sûr. Rumeurs de sirènes mises à part, c'est certainement logique.

—Eh bien, je suis d'accord. Mais je pense qu'il y a plus que ça. Le vieux Jensen Smith, tu le connais ?

Je fis une pause après avoir appuyé sur le bouton pour lancer la génération du rapport, lui jetant un coup d'œil et haussant un sourcil interrogateur. —Je ne suis pas certaine. Le nom me dit quelque chose.

—Il possède l'assurance Smith. J'ai appris de ma petite-fille ce matin qu'il gère une arnaque sur les accidents automobiles. Il vend également des assurances pour bateaux. Il se trouve justement que son entreprise détient les polices de tous les bateaux qui se sont échoués sur cette île jusqu'à présent. Personne n'est mort. Chaque bateau a subi suffisamment de dégâts pour être considéré comme une perte totale.

—As-tu parlé à Daniel ?

Beatrice hocha la tête. —Je lui ai laissé un message. Je n'en sais pas plus, mais c'est définitivement une piste solide.

—En supposant que ce soit le cas, pourquoi nous racontent-ils tous cette histoire d'avoir entendu et vu une sirène ?

Beatrice pinça les lèvres et haussa les épaules. —Je ne sais pas. Je veux dire, c'est une histoire ridicule. Je suis une sorcière et je crois en toutes sortes de magie. Je sais aussi que la magie des sirènes existe, bien qu'elle soit assez rare. Peut-être pensent-ils que c'est une bonne histoire à cause de toutes les rumeurs folles qui circulaient dans cette ville après la débâcle des marguerites. Ils auraient simplement l'air idiots s'il s'avérait que tout était pour l'assurance.

J'ai ri de son apparent dégoût. —Peut-être. Alice continue d'explorer la piste de la sirène. Au fait, as-tu vu une femme étrange en ville ?

—Grande, absolument magnifique ? répliqua Beatrice.

—Oui, j'imagine que nous parlons de la même personne. Je l'ai croisée avec les jumeaux à Maple Mayhem, et elle demandait où habitait Nathan Good. Elle a dit qu'elle venait de Louisiane. Évidemment, je n'en étais pas certaine parce que je ne partage pas la magie de mon père, mais j'étais presque sûre qu'elle était une sorcière.

—Je serais d'accord. Je l'ai vue quand je me promenais l'autre jour. Est-ce que Nathan l'a vue ? demanda-t-elle.

—Liam l'a appelé quand je lui en ai parlé. Nathan dit qu'il n'a aucune idée de qui elle est. Il dit qu'elle est la bienvenue pour lui rendre visite si elle est aussi belle que tout le monde le dit, ai-je expliqué en riant.

Beatrice renifla à ces propos. —Cet homme. Un tel séducteur.

Jetant un coup d'œil à l'écran d'ordinateur, j'ai vu que les rapports de fin de journée étaient terminés. J'ai appuyé sur Enregistrer et éteint l'ordinateur. —Je suppose que tu vas faire un suivi avec Daniel au sujet de Jensen. Comme d'habitude, je vais voir quelles autres rumeurs je peux glaner.

Beatrice se leva avec moi. —Devrais-je sortir par la porte de devant ?

—Oh, non. Suis-moi simplement par l'arrière pour que je puisse fermer à clé.

Nous sommes sorties ensemble, et j'ai lancé un sort de protection sur la porte arrière en partant.

Après nous être séparées, Beatrice et moi, je me suis dirigée à travers la place de la ville pour retrouver Liam et tout autre groupe de nos amis qui se présenterait à Enchanted Spirits. J'espérais que Nathan y serait peut-être.

CHAPITRE CINQ

En poussant la porte d'Enchanted Spirits, je me suis heurtée à un groupe de personnes qui attendaient à l'entrée. L'un des bars les plus populaires de la ville, c'était un établissement de style pub qui servait dîners et boissons. En me frayant un chemin à travers la foule, j'ai scruté la salle, mon regard se posant sur Liam dans le coin éloigné où il m'avait dit par texto qu'il serait.

Il m'a fallu quelques minutes pour atteindre le coin avec toutes les tables occupées et des gens debout partout où il y avait de la place. Les étés à Charm Cove signifiaient des hordes de touristes et des restaurants, boutiques et bars bondés tout l'été. Jusqu'aux premières traces de neige au sol, ça resterait aussi animé.

Liam s'est levé du box, se penchant pour déposer un baiser sur ma joue, ses yeux bleus scintillant de son sourire quand il s'est écarté. — Tu as réussi à venir.

— Bien sûr. J'ai été retardée de quelques minutes parce que je discutais avec Beatrice. Je te raconterai plus tard.

En me glissant au milieu du box, j'ai donné un coup de coude à Zoe tandis que Liam s'asseyait, me flanquant de l'autre côté. — Hé, salut, comment s'est passée ta journée ?

— Oh, bien. Je te jure, chaque été je pense que je vais me détendre parce que je n'enseigne pas, mais ensuite je suis tout aussi occupée que d'habitude à faire toutes sortes de choses, a répondu Zoe.

— Est-ce que Daniel nous rejoint ici ? ai-je demandé.

Elle a secoué la tête, ses boucles brunes se balançant avec le mouvement. — Non. Il travaille tard. Il paraît que Beatrice lui a laissé un message à propos d'un expert en assurance qui pourrait organiser une arnaque avec tous ces bateaux de pêche sur Le Chant de Sirène qui Tourne Mal.

— C'est ce qu'elle vient de me dire.

Liam a posé son bras sur mes épaules, se joignant à la conversation. — Donc c'est ce que Beatrice avait à dire.

J'ai hoché la tête avant de me tourner vers Zoe. — Est-ce que Daniel le rencontre ?

— Je n'en sais rien, a-t-elle dit en riant. Il ne me dit que ce qu'il considère déjà comme de notoriété publique. Parfois plus, mais ensuite il me donne tellement d'avertissements pour ne pas en parler que je préfère qu'il garde ça pour lui.

Notre serveuse est arrivée. Zoe a commandé de l'eau avec son hamburger et ses frites, étant donné qu'elle était enceinte. Par solidarité, j'ai opté aussi pour de l'eau et j'ai dit à Liam que je nous conduirais à la maison.

Nous faisions souvent le trajet du travail ensemble. C'était pratique, mais c'était aussi logique, surtout en été quand se garer au centre-ville de Charm Cove devenait une vraie guerre.

Jetant un coup d'œil de l'autre côté de la table, j'ai souri à Nathan. — Nathan, j'espérais te voir ce soir.

— Ah bon ? a-t-il rétorqué.

— Oui, je veux connaître tous les détails sur la belle nana de Louisiane qui te cherchait.

Nathan partageait les mêmes traits que Liam : cheveux noirs et yeux bleus. Bien sûr, c'était le cas pour la plupart des membres de la famille Good, peu importe la distance de leur lien de parenté. Nathan avait fière allure. Il adorait flirter et papillonner, pour ainsi dire. Bien qu'il insistait qu'un jour, il trouverait la femme idéale et se poserait.

Emma et Jackson complétaient notre groupe ce soir-là. Emma a regardé entre nous. — Raconte-nous. Apparemment les seules quatre personnes qui ont vu cette charmante femme sont Helen Sweet, Moira, et les jumelles. Celia et Delia ont dit qu'elle était magnifique. Et étrange, a-t-elle ajouté avec un rire.

— Beatrice dit l'avoir vue marcher l'autre jour. Elle était vraiment belle, ai-je répondu.

— Assez parlé de son apparence, a dit Zoe avec un mouvement du poignet. Qu'est-ce qui était si étrange chez elle ?

— Elle est simplement entrée et nous a demandé si nous connaissions l'adresse de Nathan. Vu qu'elle ne nous connaissait pas, c'était un peu direct. Non pas que ce serait difficile pour elle de trouver son adresse avec internet, mais je n'ai pas l'habitude de simplement donner des informations personnelles comme ça.

— Moira, tu peux donner mon adresse à de belles femmes quand tu veux, a taquiné Nathan.

Liam a ri et secoué la tête. — Tu es sûr de vouloir distribuer ton adresse quand nous avons potentiellement une sirène qui fait s'écraser des bateaux d'hommes ?

Nathan a légèrement haussé une épaule. — Si elle est si belle, peut-être que ça en vaut la peine. Je veux dire, aucun de ces hommes n'est mort.

J'ai éclaté de rire. — Tu es fou.

Nathan a fait un clin d'œil. — Je ne suis pas idiot, et je suis sûr que je peux me débrouiller si elle se présente chez moi.

— Je pense que c'est une sorcière. Je n'arrive pas à croire que personne d'autre ne l'ait vue depuis. Enfin, à part Beatrice.

— Elle lui a parlé ? a demandé Emma.

Jackson a levé les yeux au ciel, et Emma l'a regardé comme si elle l'avait senti. — Quoi ? a-t-elle exigé.

Il a souri. — Tu sembles ne pas avoir de problème à être curieuse.

— Hé, ai-je dit en levant la main, personne curieuse ici aussi. Tu dois être curieux si tu vis à Charm Cove. C'est la seule façon de prendre soin de toi-même.

— Sérieusement, est-ce que Beatrice lui a parlé ? a répété Emma.

J'ai secoué la tête. — Elle a dit qu'elle l'a juste vue se promener.

— Tu as eu son nom par hasard ? a demandé Nathan.

— Non. Nous n'avons pas eu vraiment l'occasion. Je suis sûre que quelqu'un la reverra et nous lui donnerons ton adresse, Nathan.

Il a souri au moment où nos boissons arrivaient.

———

Le lendemain matin, Ghost est sorti pour sa promenade habituelle après son petit déjeuner. Quand il n'est pas revenu à l'heure où il le faisait d'habitude, je suis sortie pour voir ce qui se passait. Je m'étais levée tôt, alors j'ai enfilé une veste légère pour me protéger de la fraîcheur matinale et je suis allée jusqu'au bord de mer.

Mon intuition me disait qu'il serait à la plage, regardant la petite île au loin. Encore une fois, c'est exactement là qu'il se trouvait. Quand je l'ai rejoint, il avait ce même regard légèrement hagard que lorsque nous l'avions trouvé ici auparavant. Une fois dans mes bras, je l'ai ramené à la maison et il s'est installé à son endroit préféré au soleil du matin sur un rebord de fenêtre.

Liam est descendu, les cheveux encore humides de la douche.

—Ghost était encore à la plage, ai-je dit. Je me demande si on ne devrait pas commencer à fermer la chatière.

Liam m'a regardée, puis a regardé Ghost qui se toilettait sur le rebord de la fenêtre. —Je ne suis pas sûr que Ghost apprécierait de rester enfermé toute la journée. Il vivait pratiquement à l'état sauvage jusqu'à ton retour l'été dernier.

—Je sais. Je suis juste un peu inquiète, ai-je répondu en contournant le comptoir. C'est étrange qu'il fixe cette île comme ça. Bien que je sache que Daniel ne serait *pas* d'accord, je suis tentée d'aller faire un tour là-bas.

Les yeux de Liam se sont plissés juste au moment où on frappait à notre porte. —Garde cette pensée, a-t-il dit en se tournant, faisant quelques pas pour ouvrir.

Mon frère Gabriel se tenait là. —Bonjour, a-t-il lancé tandis que Liam lui faisait signe d'entrer.

—Qu'est-ce qui t'amène ici ? ai-je demandé en m'arrêtant pour remplir la tasse de café que j'avais commencée avant d'aller chercher Ghost.

—Je n'ai plus de café, a répondu Gabriel avec un sourire penaud.

Liam a ri et lui a donné une tape sur l'épaule alors que Gabriel passait devant lui. Ils se sont tous deux assis sur des tabourets pendant que je remplissais deux tasses de café et posais la crème sur le comptoir pour eux.

Appuyant ma hanche contre le comptoir, j'ai pris une gorgée de mon café et j'ai regardé Liam, m'attendant à ce qu'il reprenne exactement où nous en étions dans notre conversation. Il ne m'a pas déçue. Regardant mon frère, il a lentement secoué la tête. —Moira pense qu'on devrait peut-être aller faire un tour sur l'île. Je crois que c'est une très mauvaise idée. Et toi ?

Gabriel m'a jeté un coup d'œil. —Je suis d'accord. Pas un bon plan. Surtout avec les garde-côtes et la police là-bas. En tout, il y a eu sept naufrages maintenant.

—Sept ? ai-je demandé. Je pensais qu'il y avait les trois premiers puis deux autres.

—Et deux de plus la nuit dernière. Tu n'as pas regardé les informations ce matin ? a demandé Gabriel entre deux gorgées de café.

—Non. Pendant la nuit ?

—Oui. Tous les deux venaient de Charm Cove. Ils ont quitté le quai après le coucher du soleil.

J'ai siroté mon café. —Ça devient bizarre.

—Je crois qu'on a déjà dépassé le stade du bizarre, a proposé Liam avec un petit rire.

—D'accord, je sais que vous pensez que c'est fou d'essayer d'aller sur l'île, mais je pense que quelqu'un doit le faire. Je ne vois aucune raison pour laquelle nous ne devrions pas mener notre propre petite enquête. Gabriel et Liam se sont regardés, puis m'ont regardée, avec des expressions identiques de scepticisme. —Oh, allez. J'ai fait une pause et pris une gorgée de café. —Si nous ne le faisons pas, quelqu'un d'autre le fera.

—C'est vrai, a finalement admis Gabriel.

—On doit en parler à Daniel. Si on ne le fait pas, il n'appréciera pas, a dit Liam.

—J'appellerai Zoe aujourd'hui. Daniel a généralement du mal à lui dire non, ai-je dit avec un sourire.

CHAPITRE SIX

L'après-midi même, après l'arrivée des jumeaux venus aider à la boutique, j'ai enfin eu quelques minutes de libre pour appeler Zoe.

— Qu'est-ce qui se passe ? a-t-elle dit en décrochant.

— Je vais aller droit au but. Je pense que quelqu'un, peu importe qui, doit se rendre sur cette île. On s'est dit qu'il valait mieux essayer d'obtenir l'accord de Daniel plutôt que de le mettre en colère.

Zoe a éclaté de rire.

— Oh, absolument. Il s'attend déjà à ce que quelqu'un essaie de le faire dans son dos. Je lui demanderai ce soir. Qui se porte volontaire ?

— Je pense qu'il faut quelqu'un avec un bateau. Je pensais à Nathan ou Gabriel dans ce cas.

— Ça se tient. Je lui parlerai et je t'enverrai un message plus tard, d'accord ?

— Tu es un amour, l'ai-je taquinée.

— Non, je suis juste aussi curieuse que toi et je veux savoir ce qui se passe là-bas. Ma mère pense aussi qu'on a besoin d'aide sorcière pour l'enquête. Elle en parlait justement ce matin.

Celia m'a appelée depuis l'entrée.

— Je dois y aller. J'attends de tes nouvelles plus tard. Merci d'être géniale, ai-je dit rapidement avant de raccrocher.

Je me suis précipitée à l'avant pour aider Celia avec la commande d'un client qui voulait un bracelet à breloques sur mesure. Plus tard dans la soirée, Zoe m'a envoyé un message pour me dire que Daniel préférait que quelqu'un lui parle directement de cette visite sur l'île.

Dans cette optique, Liam et moi sommes allés au phare de Beacon's Charm pour parler à Nathan et Gabriel. Il se trouvait que Gabriel était déjà dans le coin et nous avait suggéré de nous y retrouver. En sortant de la voiture de Liam, je me suis arrêtée pour regarder le phare. Comme beaucoup de phares qui parsemaient la côte Est, celui-ci avait plusieurs centaines d'années. Chaque matériau utilisé dans sa construction avait été enchanté lors de sa construction. C'était donc un phare assez puissant et profondément protégé.

Il fonctionnait également à la magie depuis sa construction, à l'exception d'une brève période de quelques semaines lorsque des voleurs avaient tenté de voler sa magie définitivement. Il se dressait fièrement sur la côte rocheuse, à l'extrémité sud du littoral de Charm Cove.

Nous avons traversé le parking en gravier. Quelques voitures de visiteurs étaient encore là. En été, outre sa fonction de phare en activité, l'édifice constituait une attraction touristique. Les visiteurs venaient pendant la journée pour profiter de sa vue splendide sur l'océan Atlantique et les montagnes voisines.

Le soleil commençait à se coucher à l'ouest, teintant le ciel de nuances d'or et de mandarine, les nuages légers et duveteux devenant irisés sous les rayons colorés qui les traversaient. Une légère brise soufflait de l'océan, l'air salin était frais même en plein été. Les jours les plus chauds du centre du Maine n'étaient jamais vraiment torrides.

Liam m'a tenu la porte à la base du phare, attendant qu'une famille sorte de sa visite. Une fois entrés, Nathan nous a hélés depuis le côté :

— Montez. C'était le dernier groupe de la journée.

Il n'y avait pas grand-chose au rez-de-chaussée du phare, à part le petit espace où les touristes s'enregistraient avec une vitrine qui contenait divers artéfacts. Un escalier en colimaçon menait aux étages supérieurs. L'étage central abritait des quartiers d'habitation, bien qu'ils n'aient pas été utilisés depuis des années. L'étage supérieur accueillait la zone d'observation et la lumière proprement dite.

Liam m'a suivie dans l'escalier en colimaçon qui longeait le bord de la structure ronde. Le long du chemin se trouvaient quelques niches de rangement construites dans les murs, toutes contenant des objets enchantés. Les touristes trouvaient généralement l'endroit attachant. Ils ne savaient pas que tout ici recelait une immense puissance.

Comme la plupart des commerces et zones touristiques de Charm Cove, nous attirions plus de touristes que les autres villes voisines. La magie faisait des merveilles. Je n'allais pas m'en plaindre, car cela avait certainement rapporté beaucoup d'argent à ma famille au fil des siècles.

Nous avons atteint l'étage supérieur pour trouver Gabriel qui regardait par les fenêtres.

— Salut, ai-je lancé en entrant dans la grande pièce.

Gabriel s'est redressé, jetant un coup d'œil avec un sourire.

— Comment ça va ?

Mon frère était plutôt beau avec ses cheveux sombres, ses yeux verts et ses traits ciselés. Glissant ses mains dans ses poches, il s'est avancé pour nous rencontrer au milieu de la pièce.

Cette pièce supérieure avait des planchers en bois vernis et des fenêtres tout autour. Il y avait une seule porte menant à une petite pièce entre deux des fenêtres. L'espace contenait une salle de bain et assez de place pour un lit de camp, à l'époque où les gens dormaient réellement dans le phare. Même s'il fonctionnait à la magie, nous devions maintenir l'apparence qu'il s'agissait d'un phare typique. Des mises à niveau modernes permettaient aux phares d'être gérés par divers capteurs.

Je ne savais pas exactement comment la magie fonctionnait. Je savais qu'il avait fallu un groupe pour réactiver le sort après que la magie avait été temporairement arrêtée l'année dernière pendant les fêtes.

— Alors, quel est le plan ? a demandé Gabriel quand nous l'avons rejoint.

— Je ne sais pas, mais j'aurais besoin de m'asseoir, ai-je répondu en me dirigeant vers un petit coin salon pour m'installer dans une chaise.

Gabriel et Liam m'ont rejointe. Liam a commencé :

— D'après ce que je sais, Daniel est d'accord pour que quelqu'un aille sur l'île avec lui, ce qui est prévu pour demain. Il dit que vous pouvez le rejoindre là-bas, bien qu'il soit un peu inquiet que votre bateau s'échoue.

— Vraiment ? a demandé Gabriel.

— Je suppose qu'il craint que vous soyez appelés par la sirène, ai-je proposé en levant les yeux au ciel. Ce qui est intéressant, c'est qu'à l'exception d'un seul, tous les bateaux qui se sont écrasés n'étaient pas pilotés par une sorcière ou un sorcier.

À ce moment-là, Nathan entra dans la pièce. — Je viens d'entendre que je peux aller sur cette île ? Peut-être que je vais rencontrer la femme qui me cherche, plaisanta-t-il en s'approchant, s'affalant dans le dernier fauteuil disponible.

Je gémis. — Tu devrais t'en inquiéter, pas t'en réjouir.

— M'inquiéter qu'une belle femme me cherche ? Je ne crois pas, répondit-il.

— C'est pour ça que je peux y aller ? Je suis son chaperon, commenta Gabriel avec un sourire.

— Oh mon Dieu, non. Tu y vas parce que tu as un pouvoir de détection. Tu peux sentir si un sort a été lancé.

— Pourquoi est-ce que j'y vais, moi ? Je n'ai pas de magie de détection, intervint Nathan.

— Non, mais tu peux te dissimuler et tu peux remonter les sorts jusqu'à leur source. Nous devons découvrir d'où vient le sort. S'il y a un sort, expliquai-je.

— C'est juste.

— Daniel a dit de le retrouver demain matin à l'aube au poste de police, interrompit Liam. Vous pourrez le suivre. Les gardes-côtes ont pratiquement terminé leur enquête, mais ils s'occupent encore des bateaux.

— Ça fait des années que je ne suis pas allé là-bas. Je ne me souviens plus de sa taille, commenta Nathan.

— Elle est petite. On y allait parfois pêcher. Un côté est assez rocheux et l'autre descend en pente vers une plage de sable. Je dirais qu'elle ne fait pas plus d'un kilomètre carré, proposa Liam.

— Très bien, c'est tout ce qu'on a besoin de savoir ? demanda Gabriel.

— Je pense que vous deux devriez rester proches l'un de l'autre. Une fois que vous détecterez de la magie, suivez la piste. Ce que nous ne savons pas vraiment, c'est à quoi s'attendre avec un sort de sirène. S'il y en a un. Ils sont si rares que nous n'avons pas grand-chose sur quoi nous baser, expliquai-je.

— J'imagine que le sort doit être assez puissant si les hommes sont prêts à être aussi stupides, taquina Nathan.

— On ne sait pas vraiment. Tout comme les nombreuses histoires sur les sorcières et les sorciers qui ne sont pas du tout exactes, tout ceci pourrait être complètement faux. Pour ce qu'on en sait, il y a peut-être eu d'autres sorts de sirènes, mais ils n'ont pas été identifiés parce qu'on les a simplement attribués à des naufrages dus à des causes naturelles, dit Liam.

— Hé, pourquoi est-ce que ce sont toujours les hommes qui sont appelés par les sirènes ? demanda Nathan.

Liam ricana. — Je suppose qu'on ne sait rien d'autre. Pour ce qui s'est passé ici, il n'y a eu que des bateaux pilotés par des hommes.

— Je trouve ça sexiste, grommela Nathan.

— Oh, pour l'amour de Dieu. Jusqu'au siècle dernier environ, les femmes n'étaient pratiquement pas autorisées à naviguer. Ne sois pas ridicule. De plus, les femmes sont beaucoup moins susceptibles de se laisser attirer vers la mort pour une belle femme, même si elles sont amoureuses de la femme en question, intervins-je en levant les yeux au ciel.

— Tellement vrai, ajouta Gabriel d'un ton sec.

— Donc, vous m'envoyez un message ou vous m'appelez dès que vous êtes de retour, dis-je en me levant de ma chaise.

— Ça te tue de ne pas pouvoir y aller, me taquina Gabriel.

— Pas du tout. Ma magie n'a rien à offrir pour ce voyage, mais ça ne change pas le fait que j'aimerais savoir ce que vous découvrirez immédiatement. Je suis sûre que nous le voudrions tous. N'importe quoi pour mettre fin à ce dernier fiasco. J'ai un mariage qui approche, et je n'ai pas de temps pour ça.

Liam se leva à côté de moi, glissant sa paume le long de mon dos et serrant légèrement ma nuque. — Tout ce que nous avons à faire maintenant, c'est nous présenter au mariage, murmura-t-il en se penchant pour déposer un baiser sur ma joue.

— J'y serai, et je sonnerai les cloches, plaisanta Nathan tandis que nous nous retournions pour partir.

CHAPITRE SEPT

Le lendemain après-midi, je traversai la place du village pour aller chercher une dose supplémentaire de café chez Magic Beans. Sarah Glen m'accueillit avec un large sourire derrière le comptoir. — Ton café noir habituel avec un shot d'espresso ? demanda-t-elle.

— Absolument. Mets-m'en deux shots. La journée a été complètement dingue, expliquai-je.

Pendant qu'elle préparait mon café, elle jeta un coup d'œil vers moi. — Alors, tu as entendu la dernière rumeur ?

— Ça dépend de ce dont il s'agit.

— Les gens se demandent si les naufrages ont un rapport avec ce réseau de trafic de drogue.

— Trafic de drogue ? répétai-je en sortant de l'argent de mon portefeuille pour le poser sur le comptoir.

Sarah se retourna vivement, me fit glisser ma tasse de café avant de saisir le billet de cinq dollars et de me rendre rapidement la monnaie. Levant les yeux, elle hocha lentement la tête. — Oui. Tu n'as rien entendu à ce sujet ? demanda-t-elle en me tendant ma monnaie.

— Euh, non. Je ne peux pas dire que j'ai entendu qui que ce soit mentionner de la drogue. Je ne sais même pas de quel trafic tu parles. Raconte-moi, répondis-je avant de prendre une gorgée de mon café.

Sarah haussa légèrement les épaules. — Pendant que tu étais à l'université, il y a eu un important réseau de trafic de drogue démantelé par la police à Windy Bay, commença-t-elle, faisant référence à une ville voisine. C'était dans tous les journaux locaux. Ils faisaient passer des opiacés du Massachusetts, du Connecticut et de New York. Apparemment, ils s'en sont tirés pendant un moment en utilisant des bateaux de pêche. Quelques types ont été arrêtés, et les choses se sont calmées.

— Mais il y a eu des rumeurs occasionnelles selon lesquelles d'autres personnes ont continué. J'étais sortie avec Billy Levesque le week-end dernier, et il m'a dit avoir entendu de son vieux pote qu'ils avaient repris leurs activités à Windy Bay. L'un des gars s'inquiétait de se faire prendre, alors il a décidé de mettre en scène un naufrage. Toute cette histoire semble folle, mais en même temps, je trouvais déjà complètement dingue qu'il y ait du trafic de drogue dans le coin.

Je pris une autre gorgée de café en assimilant cette nouvelle. — Maintenant que tu en parles, je me souviens des infos sur le trafic de drogue. Honnêtement, j'avais juste oublié. Tu ne saurais pas si Billy a mentionné quoi que ce soit à la police ? Je veux dire, il n'est pas impliqué dans ces histoires, n'est-ce pas ?

Les yeux de Sarah s'écarquillèrent, et elle tambourina des doigts sur le comptoir. — Oh mon Dieu, non ! Moira, je n'ai pas l'habitude de sortir avec des types impliqués dans le trafic de drogue.

— Je ne voulais pas dire ça comme ça, je suis désolée, répondis-je rapidement.

Elle me fit un clin d'œil. — Je te taquine. Billy n'est certainement pas impliqué. Je lui ai dit qu'il devrait en parler à Daniel, et il m'a dit qu'il avait l'intention de le faire.

À ce moment-là, un autre client arriva, s'arrêtant au comptoir à côté de moi. Sarah sourit radieusement, changeant immédiatement de registre. — Eh bien, bonjour, qu'est-ce que je peux vous servir aujourd'-hui ? Contente de t'avoir vue, Moira, lança-t-elle tandis que je m'éloignais avec un signe de la main.

J'avais envie de courir parler à Daniel tout de suite, mais je pensais qu'il valait mieux qu'il l'entende directement de Billy. Jetant un coup d'œil à ma montre, je retournai à la boutique, croisant commodément Beatrice en chemin. Sa maison se trouvait au coin de la place. Quand elle ne faisait pas de marche rapide, elle était souvent dehors. À l'instant, elle avait quelques sacs de courses sur le bras et marchait énergiquement vers sa maison.

— Hé, Beatrice, l'appelai-je avec un signe de la main.

Elle leva les yeux avec un sourire, s'arrêtant lorsque nos chemins se croisèrent. — Des nouvelles de Gabriel et Nathan ? demanda-t-elle immédiatement.

Je ris. — Pas encore. Apparemment, Nathan a envoyé un texto à Liam pour lui dire qu'il passerait ce soir pour en parler. Crois-moi, j'aimerais savoir plus tôt aussi, mais je suis prise jusqu'à la fermeture du magasin de toute façon. Comment vas-tu ?

— Très bien.

— Je suis curieuse, que sais-tu de toute cette histoire de trafic de drogue à Windy Bay il y a quelques étés ? demandai-je.

Beatrice sourit largement. — Bien sûr que tu poserais cette question. Il y a encore des rumeurs à ce sujet ?

— Je viens de passer chez Magic Beans et Sarah a mentionné que Billy Levesque avait entendu des rumeurs.

Beatrice haussa les épaules. — Je n'en doute pas. S'il y a une chose sur laquelle on peut compter, c'est que le crime continue, surtout quand il s'agit d'argent facile. Aucun des hommes impliqués n'était de Charm Cove, mais ils passaient par ici lors de leurs trajets en bateau et ont gagné pas mal d'argent pendant tout ce temps. Quand la police a annoncé que leur grande enquête était terminée, je savais que ce n'était pas vraiment fini. Ils attrapent généralement les gros poissons, mais les petits sont plus malins et restent sous les radars.

— Tu connais certains des acteurs qui étaient impliqués ?

Beatrice rejeta la tête en arrière en riant. — Je dois dire que je suis flattée que tu puisses le penser. Ma chère, je suis peut-être intelligente et je garde peut-être l'oreille au sol, mais je ne fréquente certainement pas ces milieux. De plus, tous les impliqués étaient à Windy Bay. Je suis sûre que tu peux demander à Daniel.

À ce moment-là, je sentis mon téléphone vibrer dans ma poche. — Je devrais retourner à la boutique et prendre cet appel. À bientôt, d'accord ?

Beatrice afficha un sourire. — Bien sûr. Avec un signe de la main, elle s'éloigna.

Je sortis mon téléphone et vis un texto de Liam. *Besoin de quelque chose au magasin ?*

On n'a plus de vin.

Je m'en occupe. Je prendrai les habituels. Je pensais acheter une pizza pour le dîner. Je passerai te chercher dans une demi-heure environ.

Je souris en remettant mon téléphone dans ma poche. J'avais à peine eu le temps d'y penser, mais je n'arrivais pas à croire que notre mariage était presque là. D'une certaine façon, cette histoire ridicule de sirène me gardait distraite, ce qui était probablement une bonne chose. Bien que je me sois largement adaptée à mon destin, le poids de celui-ci me frappait de temps en temps.

Liam et moi allions à la rencontre de notre destin, comme le disait la légende. Apparemment, si nous ne nous mariions pas, les Wickeds et les Goods pourraient recommencer à se quereller. Actuellement, il y avait des disputes occasionnelles et mesquines. Je ne voulais pas imaginer nos familles utilisant leurs pouvoirs l'une contre l'autre, comme cela s'était produit autrefois. Nos familles respectives possédaient suffisamment de pouvoir entre nous pour qu'il soit primordial de bien nous entendre afin de maintenir le calme dans le monde des sorcières.

Notre mariage approchait à grands pas. Dans quelques semaines à peine, nous nous réunirions tous en Écosse, et ce serait chose faite. J'étais soulagée et excitée. Dieu merci, j'aimais réellement Liam. Et tout aussi important, je l'appréciais. Sa personnalité décontractée contrastait bien avec ma tendance à m'inquiéter. Sans parler du fait qu'il faisait naître des papillons dans mon ventre, ce qui était probablement une bonne chose pour un mariage durable. Lea et Jacob, les derniers Wicked et Good prédestinés, formaient toujours un couple heureux et, selon la plupart des critères, assez passionné.

Je suis retournée à la boutique et j'ai aidé les jumeaux à terminer la journée. Après que les jumeaux aient été récupérés par leur père, j'ai attendu sur le trottoir, souriant quand Liam s'est arrêté au bord du trottoir. Il s'est penché pour m'ouvrir la portière. En me glissant à l'intérieur, je me suis penchée au moment même où il se tournait pour m'embrasser. Le frôlement de ses lèvres contre les miennes a envoyé un frisson le long de ma colonne vertébrale.

— Ça sent bon ici, ai-je commenté alors qu'il s'écartait.

Liam a jeté un coup d'œil dans son rétroviseur puis s'est engagé lentement sur Charming Way. — Ça sent la pizza, a-t-il répondu avec un sourire. J'en ai pris trois. Je me suis dit que Nathan et Gabriel en auraient probablement besoin.

— Tu as parlé à Nathan ?

Liam a secoué la tête en quittant Charming Way pour prendre la route côtière qui menait à notre maison. — Il a envoyé un texto disant qu'il nous expliquerait tout ce soir. Honnêtement, je ne m'attendais pas à avoir des nouvelles. Comme il n'y a pas eu d'autres naufrages, je ne m'attendais pas à des nouvelles majeures.

— En parlant de nouvelles, je n'étais pas là quand toute cette affaire de trafic de drogue s'est produite à Windy Bay. Qu'est-ce que tu sais ?

Ces événements ont eu lieu quand Liam et moi étions partis à l'université et pendant l'année ou plus où nous étions séparés. Nous sommes partis ensemble à l'université, encore trop jeunes pour vraiment comprendre notre pouvoir et ce que nous représentions l'un pour l'autre. J'ai eu un accès de jalousie envers une fille qui flirtait avec lui et j'ai accidentellement mis le feu à un bâtiment. Un sort qui a mal tourné. On apprend de ses erreurs.

Nous nous sommes séparés, et j'ai déménagé à New York avec l'intention de dire adieu à mes habitudes de sorcière. Ça n'avait pas duré longtemps, tout comme le bref mariage de Liam.

Nous nous sommes tous les deux retrouvés ici. De temps en temps, je m'émerveillais encore des événements qui nous avaient réunis. Je dirais que c'était le hasard, mais j'étais une sorcière et je savais pertinemment que ce n'était pas le cas.

Il a jeté un coup d'œil sur le côté et a hoché la tête. — Un peu. C'était partout dans les nouvelles. Pourquoi tu demandes ?

— Oh, parce que Sarah de Magic Beans a mentionné que Billy Levesque avait entendu des rumeurs à ce sujet et qu'un des types avait décidé de mettre en scène un naufrage. Elle a dit qu'il prévoyait d'en parler avec Daniel.

Liam a souri. — Tu veux me dire que tu n'es pas déjà allée voir Daniel à ce sujet ?

J'ai ri. Il connaissait ma tendance à être impatiente. — Non. Je sais que si je lui en parle, il me dira qu'il doit parler avec Billy.

Liam a acquiescé. — À part ce qui était dans les nouvelles, c'est à peu près tout ce que je sais sur le trafic de drogue. Est-ce que Sarah t'a donné plus de détails que ça ?

— Non. J'ai demandé à Beatrice quand je l'ai croisée, mais elle ne savait rien non plus.

Liam a hoché la tête en s'engageant dans notre longue allée. Notre pavillon était éloigné de la route à travers un bosquet d'arbres. — Eh bien, s'il y a un lien avec les naufrages ici, cette île est aussi proche de Windy Bay qu'elle l'est de Charm Cove.

— C'est vrai.

Liam a fait le tour de la boucle au bout de l'allée, notre conversation se terminant effectivement à ce moment-là. J'ai transporté les pizzas à l'intérieur, tandis que Liam rassemblait les courses. Au moment où nous avions rangé les courses et que Ghost avait eu son repas du soir, mon frère est arrivé.

— Oh parfait, je meurs de faim, a dit Gabriel après nous avoir salués et s'être installé sur un tabouret au comptoir.

— Vas-y, sers-toi, ai-je répondu, en faisant un geste vers les boîtes à pizza et les assiettes posées à côté.

Comme je connaissais bien mon frère et Nathan, j'avais aussi sorti des bières pour eux. Je dégustais un verre de vin et me suis servie une part de pizza au pepperoni. Avant que j'aie eu le temps de m'enquérir de leur visite sur l'île, il y a eu un coup sec à la porte avant qu'elle ne s'ouvre, Nathan appelant : — C'est moi.

— Entre, a répondu Liam en descendant les escaliers en courant.

Ghost avait pris place au-dessus de la porte sur une petite étagère qui n'avait absolument aucun autre but que de lui servir de lieu de sieste. Il pouvait l'atteindre grâce à une série de sauts échelonnés depuis une table près de la porte, jusqu'à une bibliothèque, puis à cette étagère. Il venait de s'y installer quand Nathan a franchi la porte. Ghost a immédiatement sauté, atterrissant sur l'épaule de Nathan avant de rebondir jusqu'au sol. Nathan a simplement ri, se penchant pour gratter sous le menton de Ghost avant de se redresser et de se diriger vers le comptoir.

— Parfait, je meurs de faim, a-t-il dit, faisant presque écho au commentaire de Gabriel quelques instants plus tôt.

— C'était presque un bis, ai-je dit en riant.

Nathan s'est assis à côté de Gabriel, jetant un coup d'œil. — Un bis ?

— Oui, c'est presque exactement ce que Gabriel a dit. Sers-toi, il y a de la pizza et de la bière.

Une fois que nous étions tous en train de manger, Liam et moi assis en face de Gabriel et Nathan, j'ai regardé entre eux. — D'accord, j'attends depuis tout l'après-midi, et j'en ai fini d'être polie maintenant. Que s'est-il passé sur l'île ?

Nathan a pris une gorgée de sa bière avant de répondre. — Rien de bouleversant, bien que ce fut intéressant.

— Intéressant comment ? ai-je demandé, en faisant tourner ma main dans l'air avec impatience.

— Quelqu'un y a définitivement lancé un sort. Nous l'avons retracé jusqu'à un côté de l'île. C'était du côté où tous les bateaux se sont échoués. Il n'y avait personne, mais je ne m'y attendais pas non plus.

— Donc nous savons que c'est de la magie alors ? ai-je demandé, en regardant Gabriel.

Il a terminé une bouchée de pizza et a acquiescé. — Oh, très certainement. Nathan pense que c'est une femme, mais aucun de nous ne l'a vue. Ça fait plus d'une semaine que des bateaux se sont retrouvés là-bas. Tu devrais voir ça. Sept bateaux de pêche, tous regroupés sur ce côté sablonneux. Je n'arrive toujours pas à croire que tous ces hommes aient prétendu qu'une femme les avait attirés là-bas. Sacrément ridicule si tu veux mon avis.

Nathan a levé les yeux au ciel. — Je sais. C'est juste une blague.

— Mais tu penses que c'est un sort lancé par une femme, et c'est définitivement de la magie. Qu'est-ce que Daniel en pense ?

— Il pense que nous avons besoin d'une meilleure histoire que ça si c'est ce qui s'est réellement passé, a dit Gabriel en riant entre deux bouchées de pizza.

À ce moment-là, mon téléphone a vibré depuis l'endroit où il était posé sur le comptoir. En regardant, j'ai vu un texto de ma mère. En y regardant de plus près, j'ai réalisé que c'était une photo du menu finalisé pour notre mariage. En le tendant à Liam, j'ai dit : — Voilà. C'est ce que nous mangerons à la réception.

Il l'a lu consciencieusement et a souri. — Tout a l'air délicieux.

— Ça a intérêt à l'être, a renchéri Nathan. Vous êtes le mariage du siècle, vous deux. En plus, puisque vous nous faites tous voler jusqu'en Écosse, vous avez intérêt à bien nous nourrir.

— C'est exactement ce que j'ai dit, a ajouté Gabriel.

Liam a ramené la conversation sur l'île. — Je ne sais pas si votre visite là-bas nous a beaucoup apporté.

— Ce n'était pas une perte de temps, a répondu Gabriel. Nous avons pu remonter à la source de la magie et confirmer que c'était *bien* de la magie. J'ai vérifié chaque bateau, et ils portaient tous des traces d'un sortilège.

— Dommage que ce ne soit pas facile d'y aller. Ce n'est pas comme si on pouvait s'y faufiler et surprendre quelqu'un en train de faire de la magie, ai-je dit, m'arrêtant pour siroter mon vin.

— Au moins, on sait que c'est de la magie. Je ne pense pas que Jacob pourrait déterminer qui l'a lancée parce que je ne pense pas que ce soit quelqu'un qu'on connaît. À mon avis, c'est cette femme qui cherchait Nathan, a interjeté Liam.

— J'espère bien, a plaisanté Nathan.

— Nous devons la retrouver. À part Beatrice, personne d'autre n'a signalé l'avoir vue, ai-je dit.

— Peut-être devrions-nous faire quelque chose pour l'attirer, a suggéré Liam.

— Pas une mauvaise idée, a approuvé Gabriel.

Après avoir terminé ma part de pizza, je me suis levée pour poser mon assiette dans l'évier. — Vous avez assez de bière, les gars ? ai-je demandé par-dessus mon épaule tout en prenant une bouteille de vin à côté de l'évier pour remplir mon verre.

— J'en prendrais bien une autre, a dit Liam.

— Autant en prendre pour nous tous, a ajouté Nathan.

J'ai pris trois bières supplémentaires et je suis revenue m'asseoir au comptoir pendant que les gars continuaient à dévorer les pizzas. Ghost a sauté sur le tabouret restant à côté de moi, et j'ai distraitement caressé son dos.

— Eh bien, si nous parlons d'attirer quelqu'un, peut-être devrions-nous parler à Mama, ai-je dit en regardant Gabriel.

— Oh, tu veux dire comme un sort d'appel ? Elle peut appeler des objets, mais je ne suis pas sûr que cela puisse fonctionner avec une personne, a-t-il répondu.

— Probablement pas, mais il existe sûrement une variante qui pourrait marcher.

— Notre sirène le saurait, a dit Liam avec un clin d'œil.

J'ai légèrement donné un coup de pied au sien. — C'est vrai, mais si elle utilise un pouvoir de sirène, c'est assez spécifique selon Alice. J'appellerai Mama demain matin pour lui parler. En attendant, tu devrais peut-être être un peu plus proactif dans ta recherche de la femme qui te cherche, ai-je dit avec un regard appuyé à Nathan.

Il a ri. — Je suis tout à fait pour.

CHAPITRE HUIT

Quelques jours plus tard, mon petit frère Cameron, que nous appelions Cam, devait arriver à Charm Cove pour les semaines précédant mon mariage. Il y avait eu peu de développements concernant la sirène, à l'exception des gardes-côtes qui avaient essentiellement déclaré chaque naufrage comme un accident. Bien que Daniel ne partageait pas grand-chose, Zoe soupçonnait qu'il pensait que les pistes concernant l'expert en assurance et le trafic de drogue pourraient effectivement porter leurs fruits.

Elle et moi nous retrouvions pour un café à Magic Beans un après-midi pendant que les jumeaux s'occupaient de la boutique pour moi. Jetant un coup d'œil vers elle, elle haussa les épaules. — Ouais, même si Gabriel et Nathan ont confirmé que la magie avait été largement utilisée sur cette île et que chaque bateau portait des traces de sortilèges, Daniel insiste sur le fait que ça ne signifie pas que l'expert en assurance n'essaie pas de monter une arnaque.

Zoe leva les yeux au ciel et but une gorgée de son thé. Elle buvait religieusement du thé et ne manquait jamais de se plaindre qu'elle avait hâte de pouvoir reprendre le café après la naissance de son bébé, dans environ quatre mois.

— Eh bien, Daniel a raison. Il peut y avoir de la magie et du crime ordinaire en même temps. Honnêtement, je préférerais que ce soit l'expert en assurance plutôt que cette étrange histoire de sirène.

— Tu n'avais pas dit que tu allais parler avec ta mère des options de sort d'appel ? demanda-t-elle en prenant une bouchée de son scone.

— Oui. Elle y travaille avec Alice. Il y a quelques sorts combinés qui pourraient fonctionner. Mais elle m'a expliqué que ça nécessiterait un peu de puissance, donc c'est quelque chose qu'elles veulent planifier. En ce qui me concerne, elles peuvent planifier tant qu'elles veulent. Crois-le ou non, je commence à être anxieuse pour le mariage.

— Anxieuse ? Mais pourquoi ? Tu vas épouser l'amour de ta vie et remettre le monde des sorcières dans le droit chemin en accomplissant ton destin. Pas de pression, répondit Zoe avec un petit rire.

— Je ne suis pas anxieuse dans le sens où je ne veux pas l'épouser. Je suis juste nerveuse. Est-ce que tu étais nerveuse quand toi et Daniel vous êtes mariés ?

Le regard de Zoe s'assombrit. — Oh oui, tu ne te souviens pas ? Avant la cérémonie, j'ai presque fait une crise. La cérémonie rendait tout ça très important même si je n'avais aucun doute.

— Ah oui, c'est vrai, et puis ensuite ça allait, répondis-je, me rappelant quelques moments où elle avait presque hyperventilé dans la salle d'habillage avant son mariage avec Daniel. — C'est exactement comme ça que je me sens. Maintenant je commence à me demander si c'était stupide de notre part d'organiser le mariage en Écosse. Tu ne peux même pas venir, et tu es ma meilleure amie, dis-je avec un soupir.

— Oh, ne t'inquiète pas. Tu as fait ce plan avant de savoir que j'étais enceinte et que mon médecin me déconseillait un long vol. Et puis, vous faites quelque chose au solstice quand vous reviendrez, non ?

— Oui. J'ai essayé de convaincre ma mère de le faire plus tôt, mais elle insiste sur le fait que nous devons le faire proche d'un moment significatif de l'année, et le solstice d'hiver représente les nouveaux départs, répondis-je avec un clin d'œil exagéré.

Le solstice d'hiver représentait effectivement de nouveaux départs, étant donné que c'était le tournant de chaque année où les jours commençaient à s'allonger. Bien que je comprenne certainement la puissance et la signification de ces jours, parfois la seule façon de gérer le fait d'être surnaturel dans un monde pas si surnaturel était d'en plaisanter.

Zoe gloussa à nouveau et sirota son thé.

— J'aimerais que le mariage soit terminé, pour qu'on puisse se détendre et simplement continuer nos vies, ajoutai-je.

— Ça va passer vite. Pense qu'en quelques semaines, tu seras de retour ici, et tu seras mariée. As-tu décidé ce que tu voulais faire concernant ton nom de famille ?

Je tambourinai du bout des doigts sur la table, soulevant ma tasse de café pour une gorgée, avant de découvrir qu'elle était vide. — Je pense que je veux garder Wicked. Mais ensuite je m'inquiète que ça va déranger Liam.

— Oh, cet homme s'en fiche. Il t'aime, c'est tout. De plus, ça n'a pas toujours été la norme pour les sorcières de prendre le nom de famille de leurs maris de toute façon. Alice Good connaîtrait l'histoire, même si elle a pris le nom de famille de son mari. À l'époque, il y a environ cinq cents ans, les sorcières avaient ce truc matriarcal et la plupart gardaient leur nom de jeune fille. Tu peux dire que tu essaies simplement d'être traditionnelle, proposa-t-elle avec un clin d'œil.

Je pris une profonde inspiration, la relâchant avec un soupir. — J'en reparlerai avec Liam. Il dit que ça lui est égal.

Mon téléphone vibra dans mon sac. Tendant le bras, je le sortis et jetai un coup d'œil à l'écran. Il y avait un texto de mon frère Cam.

Bon, tu ne vas pas croire ça. Mais je viens de trouver Nathan.

Je regardai Zoe. — C'est quoi ce bordel ?

— Je suppose que c'est une question rhétorique, dit-elle avec un sourire.

Je tapai rapidement une réponse. *De quoi tu parles, là ?*

Cam répondit rapidement.

Je me suis arrêté à Portland sur le chemin de Charm Cove pour déjeuner. J'ai trouvé Nathan sur les quais du port près de Commercial Street. Il a dit qu'il a donné sa voiture à une femme et qu'il a besoin d'un transport. Tout est plutôt bizarre.

Je tendis mon téléphone à Zoe qui lut rapidement le message. — C'est quoi ce bordel ? demanda-t-elle en me le rendant.

Plutôt que de continuer la conversation par texto, j'appuyai sur le bouton d'appel pour Cam. Il décrocha immédiatement. — J'ai Nathan avec moi. Maman a mentionné quelque chose à propos d'une sirène, mais personne ne m'a dit que Nathan était amoureux d'elle et qu'il avait donné sa voiture.

— C'est quoi ce bordel ? demandai-je, répétant maintenant la question pour la troisième fois en quelques minutes.

— Tu veux lui parler ? demanda mon frère, d'un ton ironique.

Cam était définitivement le plaisantin parmi mes frères et sœurs. Lui et Albert, qu'on appelait Al, étaient mes deux frères cadets et passaient leur temps à se taquiner mutuellement. De toutes les personnes qui auraient pu rencontrer Nathan dans ces circonstances plutôt étranges, Cam était celui qui prendrait la situation avec le plus de décontraction.

— Oui, j'adorerais, répondis-je, croisant le regard de Zoe et secouant la tête. Toute cette histoire était complètement dingue.

Une seconde plus tard, la voix de Nathan résonna à travers le combiné. — Salut, Moira. Comment ça va ? demanda-t-il, comme s'il était parfaitement normal que mon frère cadet l'ait trouvé debout près du port à quelques heures de route après avoir donné sa voiture à une femme.

Bon, autant jouer le jeu. — Qu'est-ce qui se passe, bordel, Nathan ?

— Tu m'as dit que je devrais faire plus d'efforts pour trouver la femme qui essayait de me trouver, alors c'est ce que j'ai fait. Elle s'appelle Annette, et je suis amoureux d'elle, annonça-t-il.

— Quoi ?!

— Exactement ce que je viens de dire. Je l'ai trouvée. Elle s'appelle Annette, et je suis amoureux d'elle. Elle essayait de me trouver parce qu'elle dit que nous sommes faits l'un pour l'autre, expliqua-t-il, son ton calme contredisant son explication ridicule. — Oh, et je n'ai pas donné ma voiture. Je la lui ai prêtée. Elle va la ramener à Charm Cove. C'était pratique que Cam me trouve parce que je comptais appeler Liam pour lui demander de venir me chercher, donc ça lui a épargné quelques heures de route.

Je restai silencieuse un moment avant de décider qu'il était inutile de m'énerver contre Nathan. Visiblement, il pensait que tout cela était parfaitement normal.

— Tu lui as certainement épargné un trajet. Parle-moi un peu d'Annette, et comment l'as-tu trouvée ?

— C'était facile. Je suis rentré chez moi et j'y ai réfléchi un moment. Je me suis souvenu de ce vieux truc, tu sais, celui où on peut utiliser les baguettes un peu comme un jeu de téléphone arabe ?

Nathan faisait référence à un jeu d'enfance que les sorcières et les sorciers jouaient avec des baguettes. Avec le bon sort, les baguettes pouvaient communiquer entre elles. Il fallait être géographiquement proche et avoir lancé le sort approprié.

— Euh, d'accord. Ça a vraiment marché ? Je n'ai pas fait ça depuis des années.

— Moi non plus. J'ai sorti ma vieille baguette et j'ai lancé ce petit sort bizarre de communication. Quand je me suis arrêté pour faire le plein un peu plus tard, elle était là.

— Tu es sûr que ce n'était pas juste une coïncidence ?

Nathan rit doucement. — Je ne sais pas. Au fait, je sais que tu as dit qu'elle était belle, mais tu ne lui as pas rendu justice.

— Nathan, si ça ne te dérange pas que je demande, comment peux-tu être amoureux d'elle aussi rapidement ?

— Moira, je ne sais pas comment je le sais. Je le sais, c'est tout. Tu es bien la dernière personne qui devrait se moquer de moi. Toi et Liam avec votre stupide sort de destinée, et vous allez vous marier.

Je réprimai un soupir et jetai un regard à Zoe de l'autre côté de la table, levant les yeux au ciel et articulant silencieusement : *C'est dingue.*

— D'accord, donc tu reviens avec Cam. Où est Annette ?

— Ah oui. Elle avait une course à faire à Boston, alors je lui ai dit d'aller s'en occuper. Elle sera de retour à Charm Cove demain. Je prévois de l'amener avec moi au dîner chez les parents de Liam. Ce sera le moment parfait pour que tout le monde la rencontre. Tu y seras, n'est-ce pas ?

— Je ne manquerais ça pour rien au monde, Nathan. Tu peux me repasser Cam ? demandai-je, estimant que j'en avais assez de cette conversation délirante.

— Bien sûr, dit-il avec aisance. On se parle quand je serai de retour en ville. J'ai hâte que tu rencontres Annette.

Cam reprit le téléphone, son rire résonnant à travers la ligne. — Tu as tout réglé alors, frangine ?

— Oh mon Dieu ! Cam, est-ce qu'il a l'air ne serait-ce qu'un peu normal ?

— Ouais. Je veux dire, à part ce truc de « fou amoureux d'Annette ». J'ai hâte de la rencontrer moi aussi.

— Revenez vite, d'accord ?

— On est en route, répondit-il d'un ton espiègle.

Raccrochant le téléphone, j'appuyai mes coudes sur la table et passai mes mains dans mes cheveux, en laissant une sous mon menton tandis que je regardais Zoe de l'autre côté de la table. — C'est complètement dingue.

Zoe éclata de rire. — J'ai entendu presque toute la conversation. Je suis vraiment impatiente de rencontrer Annette. Assurez-vous de passer à l'Enchanted Spirits après le dîner demain. Je veux la rencontrer.

Je fermai les yeux et pris une profonde inspiration. En les ouvrant, je souris. — Ça promet d'être intéressant.

CHAPITRE NEUF

Liam posa sa main dans le bas de mon dos tandis qu'il me tenait la porte pour entrer chez ses parents. Comme prévu, nous nous retrouvions pour dîner. Je supposais que ce serait un rassemblement plus important que d'habitude, étant donné que Nathan amenait le prétendu amour de sa vie qu'il avait rencontré la veille.

Au sein de nos familles, nous dînions souvent une ou deux fois par semaine avec un groupe de convives qui variait. Nos pas résonnèrent dans le couloir, les voix nous parvenant de la salle à manger. Cela seul m'indiquait l'affluence. Dans ces vieilles maisons de style colonial, les espaces du rez-de-chaussée étaient généralement divisés par un couloir central. La cuisine, et peut-être la buanderie et une pièce plus décontractée se trouvaient habituellement d'un côté, avec une salle à manger formelle et un autre salon plus officiel de l'autre. Quand le groupe était plus restreint, nous mangions généralement dans la cuisine où il y avait une grande table au fond.

Liam baissa les yeux vers moi juste avant que nous n'atteignions l'arche menant à la salle à manger et me fit un clin d'œil. — Maintenant tu vas pouvoir rencontrer Annette à nouveau, murmura-t-il.

— C'est la chose la plus bizarre, dis-je en m'arrêtant pour le regarder. Je n'arrive pas à croire que Nathan pense être amoureux.

— Et s'il l'était vraiment ? répliqua Liam, ses lèvres tressaillant aux commissures, menaçant de s'élargir en un sourire.

— En *un jour* ? demandai-je, incrédule que nous ayons même cette conversation.

Liam se pencha, inclinant la tête pour un rapide baiser qui envoya une décharge de chaleur en moi. — On ne sait jamais.

Puis il se retourna, prenant ma main dans la sienne alors que nous entrions dans la salle à manger. Comme je l'avais deviné, la maison était pleine ce soir. Les parents de Liam, Alice et Liam Sr., étaient là bien sûr, ainsi que sa jeune sœur Juliette. Emma, Lea et Jacob, les jumeaux, mes parents, mes deux frères qui étaient en ville, ainsi que Beatrice Powers, son amie Eva, et Penelope. Opal et Theo Good complétaient le groupe.

Une maison pleine, en effet.

Ma mère me vit en premier, m'appelant depuis l'endroit où elle se tenait à côté du buffet en train de remplir une assiette. — Bonjour, Moira et Liam. Venez vous servir.

Liam me serra la main avant de la lâcher quand nous avons atteint le buffet, où mes parents et quelques autres étaient regroupés. Nathan se tenait à l'écart, son bras autour des épaules d'Annette. Elle était tout aussi belle que dans mon souvenir.

Elle avait une allure presque royale avec ses cheveux noirs et brillants et sa grande taille. Ses yeux rencontrèrent les miens, et elle inclina légèrement la tête en signe de reconnaissance. Elle dégageait un air de triomphe, et j'aurais aimé comprendre ce qu'elle recherchait vraiment.

Liam me donna un coup de coude, et je le regardai. — Quoi ? demandai-je.

— Ma chérie, c'était la façon polie de Liam de te faire savoir que tu la fixais, dit ma mère à voix basse, ses lèvres s'incurvant en un sourire.

Je levai les yeux au ciel. — Peu importe.

Je restai aux côtés de Liam pendant que nous nous servions, nous arrêtant près de Nathan pour les présentations en allant vers la table. Nathan sourit, ses yeux presque hagards quand il nous regarda puis Annette. — Voici Annette, dit-il.

— Ravie de vous rencontrer, Annette. Je suis contente de voir que vous avez effectivement trouvé Nathan, proposai-je.

— Oh oui. J'ai bien compris votre inquiétude concernant le fait de ne pas donner son adresse, mais comme vous pouvez le voir, il n'y avait rien à craindre. Nous étions destinés l'un à l'autre, annonça-t-elle, lançant un regard significatif à Nathan.

Nathan se pencha pour déposer un baiser sur sa joue. On aurait dit qu'il était drogué vu la façon dont il se comportait. Nathan, l'éternel taquin et flirt, était simplement gaga d'Annette.

Quelqu'un d'autre s'arrêta à côté de nous, et Liam se pencha, sa voix basse à mon oreille. — Asseyons-nous.

En quelques minutes, tout le monde était assis. Normalement, il y aurait eu une cacophonie de fond avec autant de personnes réunies pour dîner au même endroit, mais ce n'était pas le cas. Même les jumeaux, toujours curieux et presque toujours bavards, étaient légèrement calmes.

Étant donné la présence d'Annette et la dévotion soudaine de Nathan envers elle, je pense que tout le monde était un peu déconcerté par ce revirement de situation. Je l'étais certainement.

Alice a finalement réussi à lancer la conversation sur un ton socialement poli. — Alors, Annette, dites-nous comment vous avez atterri ici depuis la Louisiane.

Annette finit de mâcher une bouchée et posa sa fourchette, ses mouvements élégants et précis. Regardant Alice, elle sourit poliment. — J'ai eu une vision, et j'ai su que je devais rencontrer Nathan. Alors me voici.

Je croisai le regard de mon père. Je n'avais pas encore eu l'occasion de lui demander s'il savait avec certitude si Annette possédait des pouvoirs magiques. La télépathie n'était même pas nécessaire. Dès qu'il me vit le regarder, il me fit un clin d'œil et hocha la tête.

Ma mère reprit le fil de la conversation. — Alors, comment est La Nouvelle-Orléans ? Je n'y suis jamais allée.

— Oh, c'est tout à fait charmant, une belle ville avec énormément d'histoire. Les choses ont un peu changé depuis l'ouragan il y a quelques années, qui a provoqué beaucoup d'inondations dans certaines zones. Néanmoins, c'est une ville robuste et elle s'est relevée.

— Que pensez-vous du Maine ? demanda Cam.

Annette pencha la tête sur le côté, lançant un regard pudique à Nathan, qui n'avait toujours pas détaché ses yeux d'elle entre les bouchées. — C'est adorable. J'avais bien sûr entendu parler de Charm Cove. C'est une destination touristique bien connue, et c'était dans toutes les actualités il y a quelques mois avec cette histoire de margue-rites. Je trouve ça charmant qu'il y ait toutes ces rumeurs idiotes sur les sorcières.

Opal avait sa fourchette à mi-chemin dans les airs avec une bouchée de nourriture en route vers sa bouche. La fourchette resta figée, et le regard d'Opal était rivé sur Annette. Son expression était impassible, mais je connaissais bien Opal, et il était clair qu'elle ne faisait pas confiance à Annette.

Considérant que tout le monde dans la pièce avait probablement senti qu'Annette était une sorcière, elle paraissait peu sincère. Annette avait clairement sous-estimé son public.

Lea laissa échapper un petit rire et secoua la tête tout en faisant une pause pour prendre une gorgée de son vin. — Oh oui, ces margue-rites. Allez comprendre. Nous sommes habitués aux rumeurs, donc ce n'est rien d'inhabituel.

Celia intervint. — Je trouve ça bizarre que tu apparaisses comme ça et que maintenant tu dises que Nathan et toi êtes faits l'un pour l'autre. Ce n'est pas comme ça que fonctionne l'amour.

Delia hocha vigoureusement la tête. — Exactement. Tu es arrivée en demandant où était Nathan et maintenant tu prétends que tu l'aimes. C'est bizarre.

Personne n'est intervenu pour les réprimander. J'ai entendu Liam étouffer rapidement un rire à mes côtés. Nous étions tous parfaitement heureux de laisser les jumelles être impolies. Quand Annette a regardé dans notre direction, j'ai remarqué qu'elle plissait les yeux.

Nathan est intervenu. — Vous êtes trop jeunes pour comprendre, les filles. Je n'y croirais pas non plus, mais l'amour c'est l'amour.

— Eh bien, c'est profond, offrit Gabriel de l'autre côté de la table.

J'ai dû me mordre la langue pour ne pas rire. À ce moment-là, Alice a ramené la conversation sur un terrain plus sûr, posant des questions polies sur l'histoire de la Nouvelle-Orléans et offrant des anecdotes anodines sur Charm Cove et les endroits qu'elle recommandait à Annette de visiter pendant son séjour dans le Maine.

Plus tard ce soir-là, après que Liam et moi sommes rentrés à la maison, je me suis appuyée contre son épaule sur le canapé, repliant mes pieds sous mes hanches. Ghost était roulé en boule de l'autre côté de Liam, son ronronnement résonnant doucement.

— Je ne sais même pas quoi penser, ai-je dit alors que Liam se penchait pour prendre la télécommande et allumer la télévision.

— Je pense qu'on peut supposer que personne ne sait quoi penser. Bien que personne à cette table ne fasse confiance à Annette. C'est définitivement une sorcière et elle fait clairement semblant de ne rien savoir sur Charm Cove et les sorcières. Il faudrait littéralement vivre sous une pierre pour être une sorcière ou un sorcier n'importe où dans le monde et ne pas connaître Charm Cove, a-t-il commenté.

— Je sais, ai-je dit avec un soupir tandis qu'il sélectionnait une émission de rénovation de maisons et posait la télécommande, enroulant son bras autour de mes épaules. Que penses-tu qu'elle veuille de Nathan ?

— Je n'en ai aucune idée. Je vais essayer de lui parler demain si je peux l'avoir seul.

— Je ne sais pas si ça servira à grand-chose. Cam a dit qu'il chantait ses louanges pendant tout le trajet de retour de Portland, ai-je répondu.

— Je peux imaginer, dit Liam d'un ton sec. Honnêtement, je suis soulagé que Cam ait croisé Nathan et l'ait ramené à la maison. Je n'avais pas besoin de passer quelques heures à l'écouter parler de ça.

— Je vais aller parler à Daniel demain.

— À propos de quoi ? Ce n'est pas un crime pour Nathan de tomber éperdument amoureux d'une femme. Ça peut sembler hors de caractère pour lui, mais je ne vois pas ce que Daniel peut y faire.

— Je sais, mais je veux vérifier avec lui s'il a eu l'occasion de suivre les pistes sur les contrebandiers et l'expert en assurances.

CHAPITRE DIX

Le lendemain soir, j'ai décidé d'assister à une réunion ordinaire du Conseil municipal de Charm Cove. Liam était retenu par une réunion à l'entreprise d'investissement de sa famille pour l'un de leurs plus gros clients, alors j'ai enrôlé Zoe et Emma pour m'accompagner. Quand j'ai appelé Daniel plus tôt dans la journée, il ne m'avait pas, sans surprise, fourni beaucoup d'informations. Comme Liam l'avait prévu, il ne pensait pas qu'il puisse faire quoi que ce soit concernant nos inquiétudes au sujet de la suspecte Annette.

Cela dit, Daniel m'a dit qu'on lui avait demandé de venir à la réunion municipale ce soir pour faire le point sur les accidents de bateaux sur l'île, d'où ma décision d'y assister. J'ai récupéré Emma au travail, et Zoe nous y a rejointes.

— On est prêtes ? ai-je demandé en garant ma petite voiture rouge dans le parking derrière la mairie de Charm Cove.

— Bien sûr qu'on est prêtes, a répondu Emma en se frottant les mains et en me souriant dans le rétroviseur. J'adore ces réunions. Elles sont toujours hilarantes.

— Le meilleur moment, c'est quand tu entends tous les sorciers et sorcières du Conseil essayer de parler de tout comme s'ils ne connaissaient rien à ces trucs, a ajouté Zoe avec un sourire.

Nous sommes descendues ensemble. Le parking était bien rempli. Ces réunions avaient tendance à attirer du monde, quel que soit le sujet. Bien que les bateaux s'écrasant sur l'île ne soient pas aussi perturbants que les marguerites l'avaient été, quiconque pêchait commercialement ou personnellement s'inquiétait du risque pour son propre bateau.

Jusqu'à présent, nous avions réussi à garder ces histoires en dehors de tout ce qui dépassait les informations locales. Les reportages s'étaient concentrés sur l'angle de la fraude potentielle à l'assurance avec quelques allusions aux préoccupations concernant l'ancienne opération de trafic de drogue.

La mairie de Charm Cove était logée dans un imposant bâtiment de granit rose à l'angle de Wicked Way et Good Lane. Nous sommes entrées par l'arrière, les voix de la salle de réunion à l'étage filtrant dans la cage d'escalier. Nous nous sommes installées à nos places. En regardant autour, j'ai vu Opal assise vers l'avant avec Penelope. J'ai fait un signe de la main, et Opal m'a souri en retour, tandis que Penelope m'a saluée assez avec enthousiasme.

Le Conseil municipal de Charm Cove était composé d'environ deux tiers de sorcières et sorciers. C'était à peu près l'équilibre de la population de Charm Cove en général, avec la majorité de la ville composée de sorcières et sorciers, mélangés à des non-surnaturels. Bien que les sorcières et sorciers aient fondé la ville, au fil des siècles, d'autres s'y sont installés. Il y avait certaines familles amicales, ce qui signifie qu'elles connaissaient l'existence des sorcières et sorciers et les soutenaient. Par exemple, Daniel. Il était en fait apparenté à quelques sorcières du côté de sa mère et avait épousé Zoe, dont toute la famille était sorcière.

D'autres, cependant, n'en savaient rien et pensaient que ce n'était rien de plus qu'une histoire charmante et fantaisiste sur laquelle capitaliser pour leurs entreprises. Parce que le business était ce qui comptait ici. Charm Cove était une communauté prospère avec une industrie de pêche commerciale saine et une économie touristique florissante.

Beatrice Powers était opportunément la présidente du Conseil municipal de Charm Cove. Elle dirigeait d'une main ferme et naviguait confortablement dans les politiques parfois agitées d'une petite ville remplie de sorcières et sorciers.

En jetant un coup d'œil à la grande horloge montée à l'avant de la salle, j'ai vu qu'il ne restait que quelques minutes avant le début de la réunion. — Je me demande si Daniel va venir, ai-je commenté.

— Oh, il sera là, a dit Zoe avec un sourire. Je lui ai dit que je serais dans le public, et il m'a fait promettre de me tenir tranquille.

Comme invoqué par nos commentaires, Daniel est entré par la porte latérale à l'avant de la salle, suivi du reste des membres du conseil. Les murmures se sont apaisés dans le public, et Beatrice s'est levée pour déclarer officiellement la séance ouverte.

— Vous êtes prête ? a demandé Beatrice, jetant un regard vers la greffière officielle de la ville. Anna Goodness était également la réceptionniste du poste de police.

— Autant que je peux l'être, a répondu Anna. Anna se trouvait être commodément une sorcière, elle était donc très utile pour gérer les enregistrements poliment vagues sur les affaires de sorcellerie.

Beatrice a regardé l'assistance et a légèrement incliné la tête. — Nous sommes ici pour la réunion mensuelle du Conseil. C'est la première d'août, et la seule que nous avons eue cet été jusqu'à présent, puisque nous nous abstenons généralement de réunions pendant les mois d'été. Traitons d'abord des affaires courantes, a dit Beatrice avant de s'asseoir.

Le Conseil a rapidement passé en revue quelques permis d'exploitation pour de nouvelles entreprises et restaurants. Il y a eu quelques discussions, incluant des membres du public, au sujet d'un litige de zonage pour une maison située dans une zone à usage mixte.

Une fois ce problème résolu, Opal a levé la main. Beatrice lui a donné la parole : — Oui, Opal ?

— Selon l'ordre du jour, c'est tout pour les affaires courantes, donc je pensais que nous devrions passer directement à une discussion sur l'état de l'enquête concernant les épaves de bateaux, a dit Opal.

— Bien sûr. C'est pourquoi nous avons invité Daniel Levesque à nous donner une mise à jour. Il a des nouvelles des Garde-côtes, ainsi que de l'enquête policière. Daniel, assurez-vous que votre microphone fonctionne, a dit Beatrice en se tournant vers lui.

Daniel a tiré le petit support de microphone à travers la table devant lui et a tapoté dessus. — Ça me semble bon, a-t-il dit quand le son de son petit coup a résonné dans la salle. Il y a eu quelques rires, puis Daniel a commencé. — Je suis sûr que tout le monde a été content d'apprendre qu'il n'y a pas eu d'autres bateaux échoués sur l'île.

Quelqu'un a crié depuis le public : — La demande a été déposée pour nommer l'île Le Chant de Sirène !

Cela a suscité une vague de rires dans le public tandis que Beatrice levait les yeux au ciel et que Daniel gardait une expression calme sur son visage. Je le connaissais assez bien pour savoir qu'il avait envie de lever les yeux au ciel. Pendant ce temps, Zoe gloussait à côté de moi.

— Qu'est-ce qui est si drôle ? ai-je demandé, en me penchant vers elle et en gardant ma voix basse.

— Ce nom. Daniel pense que c'est ridicule.

— Je suis tout à fait d'accord, ai-je murmuré. Daniel a recommencé à parler, alors nous nous sommes retournées vers l'avant.

— La Garde Côtière a terminé son enquête et a déclaré qu'il s'agissait d'accidents. En ce qui les concerne, c'est le rapport officiel. Quant à notre enquête policière, nous avons suivi les principales pistes, qui concernent une potentielle fraude à l'assurance et un lien possible avec l'ancien réseau de trafic de drogue de Windy Bay. Je préfère ne pas entrer dans les détails, mais nous avançons à un bon rythme. D'après les informations que nous avons en main, je ne pense pas que quiconque doive s'inquiéter de voir d'autres bateaux s'échouer sur cette île. Bien qu'on ne pense pas que ce soit lié à la météo, la Garde Côtière a installé des bouées à proximité pour servir d'alerte à toute personne naviguant dans la zone et peu familière avec l'emplacement de l'île.

Quand Daniel fit une pause, une main se leva dans l'assistance. Daniel acquiesça dans sa direction. — Oui ?

— Qu'en est-il de toutes ces histoires de sirène ? Il y avait un article dans *The Ink Spot* à ce sujet, dit une femme âgée dans l'assistance. C'était une nouvelle venue en ville. Sa fille et son gendre avaient ouvert un bed and breakfast, et elle vivait avec eux. Cette nouvelle famille n'était définitivement ni sorcière ni sorcier.

Daniel garda encore une fois une expression neutre. Pendant ce temps, j'ai dû donner un coup de coude à Zoe pour l'empêcher de glousser à nouveau. Elle était infiniment amusée de voir son mari essayer vaillamment de naviguer en tant que chef de police dans une ville capable de magie.

— Bien que nous soyons certainement d'accord, tout comme la Garde Côtière, que ces histoires sont plutôt étranges, ce ne sont que des histoires. Je suis sûr que vous avez vu dans les informations les soupçons concernant la fraude aux assurances. Les gens doivent inventer toutes sortes d'histoires folles pour ce genre de choses, expliqua-t-il.

La femme semblait insatisfaite de sa réponse. Ses lèvres se pincèrent, puis elle émit un grognement.

— Bon sang, elle est rigide, ai-je marmonné.

Emma se pencha autour de Zoe et croisa mon regard. — Je sais. Je veux dire, pourquoi ont-ils même déménagé ici s'ils ont un problème avec les rumeurs farfelues ? Ce n'est pas comme si ce n'était pas de notoriété publique à propos de Charm Cove. Ils ont acheté ce B&B après toute cette histoire de marguerites il y a quelques mois.

— Ouais, ils ont probablement pensé que c'était une décision commerciale intelligente, ajouta Zoe.

Charm Cove avait été temporairement surnommée la Merveille des Marguerites du Monde il y a quelques mois, quand un sort avait mal tourné et que toute la ville s'était retrouvée couverte de marguerites. Nous avions résolu le problème, bien que nous ayons été sérieusement mis à l'épreuve pour gérer le moulin à rumeurs de la ville.

Daniel répondit à quelques questions supplémentaires, puis la réunion se termina. En nous levant, j'ai passé mon coude sous celui de Zoe. — Allez, on va parler à ton mari, dis-je en la tirant avec moi.

— Eh bien, je vais certainement lui parler, vu que je dors avec lui chaque nuit. Je rentre aussi avec lui, dit-elle en riant.

— Je sais, mais tu n'es pas aussi insistante que moi, alors il pourrait nous dire quelque chose.

Zoe acquiesça vigoureusement. — Je ne suis définitivement pas aussi insistante que toi.

Daniel rassemblait quelques papiers et les glissait dans un dossier quand nous avons atteint la table à l'avant de la salle. Quelques autres personnes flânaient, et les membres du conseil examinaient des rapports sur un ordinateur portable.

— Très bien, Daniel, dis-je, allant droit au but, on dirait que tu penses que cette histoire d'assurance tient la route.

Daniel leva les yeux, regardant de Zoe à moi et laissant échapper un petit rire. — Tu as amené ma femme enceinte pour essayer de me faire parler, taquina-t-il avant de se pencher pour déposer un baiser sur la joue de Zoe.

— Oui, je suis sans scrupule. Quoi qu'il en soit, sérieusement. Après que tu as emmené Gabriel et Nathan là-bas, ils étaient plutôt convaincus qu'il y a de la magie impliquée dans ce qui est arrivé à tous ces bateaux.

Daniel soupira. — Je ne le conteste pas. Je n'ai aucun moyen de le prouver, et je ne peux pas le mettre dans un rapport. Cependant, il est certainement possible qu'ils aient utilisé la magie dans le cadre de l'escroquerie à l'assurance. Parce qu'il y a *définitivement* quelque chose qui cloche avec l'assurance. Jensen Smith était l'assureur de chaque bateau qui s'est écrasé sur cette île.

— Je ne crois généralement pas aux coïncidences, mais ça pourrait en être une. Sachant qu'il y avait des traces de sort sur chaque bateau... ça n'a pas de sens autrement.

Daniel hocha la tête. — Je sais. D'accord sur ce point. Mais Jensen est également enquêté dans deux autres villes à plus d'une heure au sud d'ici pour une arnaque similaire. Charm Cove serait une cible idéale parce que, que ça me plaise ou non, des histoires farfelues à Charm Cove joueraient en leur faveur pour dissimuler ce qu'ils faisaient. Quant au trafic de drogue, je ne trouve pas grand-chose pour l'étayer, sauf le fait que deux des propriétaires de bateaux étaient auparavant des dealers de bas niveau. Tous deux se seraient prétendument rangés après l'enquête, mais cela ne signifie pas qu'ils ne cherchent pas des moyens faciles de gagner de l'argent. L'assurance en est un.

— Qu'est-ce qui te fait penser que c'est vraiment une chose ? À part tout ça, ai-je ajouté rapidement quand j'ai vu ses yeux commencer à rouler.

Daniel rejeta la tête en arrière, fixant le plafond pendant un moment avant de niveler son regard avec le mien à nouveau. — Je ne peux pas tout te révéler. Qu'il suffise de dire que les points sont reliés.

Zoe gloussa à mes côtés. — Je te l'avais dit. Il ne nous dit que certaines choses.

— Je ne m'attends pas à tout savoir, mais quand il y a beaucoup de preuves indiquant qu'il se passe quelque chose de sorcier, je crains que tu puisses manquer quelque chose, ai-je répondu.

Daniel nous regarda tour à tour, ses lèvres tressaillant avec un sourire. — Ce n'est pas que je ne crois pas qu'il se passe quelque chose de sorcier. Mais ça ne doit pas être tout ce qu'il y a. Je vous laisse m'aider de ce côté-là. À ces mots, il jeta un coup d'œil à Zoe. — Tu es prête à partir ?

— Bien sûr.

— Merci, Daniel, dis-je alors qu'il se rapprochait de Zoe, glissant son bras autour de ses épaules.

Je me suis retournée pour voir Opal me faire signe de la rejoindre, là où elle se tenait avec Theo et Emma. Traversant la pièce, je me suis arrêtée à côté d'eux. — Oui ?

— Je disais justement à Emma que j'ai lancé des antennes en Louisiane. Je soupçonne que la nouvelle amoureuse de Nathan n'est pas tout ce qu'elle semble être, expliqua Opal.

— Eh bien, mon père a déjà confirmé qu'elle a définitivement des pouvoirs. Je suppose que la question est de savoir pourquoi elle essaie de jouer l'idiote ?

— Ce n'est pas seulement ça. Je veux avoir une idée de la famille à laquelle elle est liée. Je ne connais pas son nom de famille. Laurel n'est pas un nom de famille courant par ici, ajouta Opal. — J'ai demandé à Alice d'essayer de retracer son histoire. Theo s'était éloigné, parlant à l'un des membres du conseil. Opal l'appela. — Theo, mon cher, je suis prête à partir maintenant.

Theo, un puissant sorcier à part entière, se retourna avec un clin d'œil et un sourire. — Je suis là, ma chère, dit-il en revenant à ses côtés.

— Puisque vous deux êtes plus susceptibles de voir Nathan avant nous, faites-nous savoir si quelque chose change. Je pense qu'elle l'a ensorcelé. Littéralement, dit Opal avec un reniflement.

— Eh bien, c'est ce que tu m'as fait, murmura Theo, d'un ton sec.

Opal le regarda et sourit. — Non, je ne l'ai pas fait. Pas litté-ralement.

Theo rit. Sur ce, ils se détournèrent, et Emma et moi avons quitté l'Hôtel de Ville, nous arrêtant pour discuter avec quelques autres personnes en sortant.

Une fois dans la voiture, j'ai jeté un coup d'œil. — Sais-tu si Annette reste chez Nathan ?

— Je n'en suis pas certaine, mais je le pense. Vu leur comporte-ment, je suis convaincue que les choses sont allées au-delà du premier baiser, répondit-elle en riant.

—J'ai envie de passer les voir. C'est fou, non ?

— Ce n'est pas fou, mais je ne peux pas être ta complice ce soir. Jackson et moi dînons avec ses parents. Il faut que tu me ramènes vite fait, sinon je vais être en retard.

En quittant la place de parking en marche arrière, j'acquiesçai d'un signe de tête. — Je t'y emmène. Je suis sûre que je pourrai convaincre Liam de m'accompagner.

— Bien sûr que tu peux. Liam ferait n'importe quoi pour toi, répliqua Emma avec un sourire.

— Peut-être pas *n'importe quoi*. Mais une mission de reconnaissance chez son cousin ? Sans aucun doute. Il s'inquiète autant que moi. La façon dont Nathan se comporte est carrément bizarre. Je veux dire, on aimerait tous que Nathan se pose, mais pas comme ça.

CHAPITRE ONZE

Quand je suis entrée dans la remise, j'ai entendu le bruissement de Ghost qui sautait de l'étagère au-dessus de la porte. Je me suis arrêtée, attendant qu'il rebondisse sur mon épaule puis sur le sol. — Salut, Ghost, ai-je dit en m'agenouillant pour l'accueillir avec une caresse le long de son dos.

Liam se tenait au comptoir de la cuisine, en train de se verser une tasse de café du soir. Il a haussé un sourcil interrogateur quand je me suis approchée. Probablement parce que je n'avais pas retiré mes chaussures à la porte comme je le faisais d'habitude.

— Laisse-moi deviner, tu as des projets et ça implique que j'aille quelque part avec toi ? a-t-il demandé, démontrant parfaitement à quel point il me connaissait bien.

— Bien deviné, ai-je répondu avec un sourire.

Quand je me suis placée à ses côtés, il s'est penché pour effleurer mes lèvres des siennes, envoyant un petit frisson dans tout mon corps. — Où va-t-on ?

— Je pense qu'on devrait faire un saut chez Nathan. J'aimerais revoir Annette, de préférence sans autant de monde autour.

Liam a pris une gorgée de café, son regard pensif. — Quelle sera notre excuse pour cette visite ?

— Oh, je ne sais pas, ai-je répondu en haussant les épaules. Peut-être qu'on pourrait leur dire qu'on a dîné à Windy Bay et qu'on a décidé de s'arrêter en rentrant. Étant donné que le retour de Windy Bay nous faisait passer devant le phare de Beacon's Charm et la maison de Nathan, c'était une explication logique et suffisamment vague.

— Ça me va. Laisse-moi mettre ça dans un gobelet à emporter, a-t-il dit.

Parmi toutes les choses que j'aimais chez Liam, j'appréciais particulièrement sa disposition à me suivre dans mes idées. Pendant qu'il transvasait son café, j'ai donné son dîner du soir à Ghost.

— Il n'était pas sur la plage quand tu es rentré ce soir, n'est-ce pas ? ai-je demandé en me tournant pour jeter la boîte vide dans la poubelle de recyclage.

Liam a secoué la tête. — Non. Il faisait la sieste à son endroit préféré sur le rebord de la fenêtre. Mais en même temps, si notre supposition est correcte – qu'Annette est, ou était, la sirène en question – elle n'est plus sur l'île maintenant.

Quelques minutes plus tard, alors que nous sortions, j'ai commenté : — Ce qui est étrange dans cette histoire, c'est que je n'arrive pas à l'imaginer traîner sur cette île à appeler les navires. Il n'y a nulle part où séjourner. Et soyons honnêtes, ce n'est plus comme il y a deux cents ans. À l'époque, les sorcières vivaient dans la nature quand elles le devaient. Je ne vois pas Annette traîner là-bas toute seule, et cette île entière est déserte, pour autant que je sache.

Liam a hoché la tête en me tenant la portière de la voiture, ne la fermant qu'après que je me sois installée sur le siège passager. Une fois assis côté conducteur, il a répondu : — Je n'y suis pas allé depuis un moment, mais j'y suis allé pêcher avec mon père il y a quelques étés quand j'étais en visite, et il n'y avait rien là-bas.

— As-tu eu l'occasion de parler à Nathan aujourd'hui ?

— Je lui ai envoyé un texto. Je devais lui demander des précisions sur la limite de propriété de cette nouvelle érablière. Il veut l'agrandir et le faire par le biais de notre société d'investissement. Ce n'était pas urgent, mais je me suis dit que ça me donnait une raison de prendre de ses nouvelles.

— Et alors ? ai-je demandé tandis qu'il sortait de notre allée pour s'engager sur la route côtière qui nous mènerait à l'autre côté de la ville où se trouvait le phare.

— Rien d'inhabituel. Par texto, il semble tout à fait normal.

— Je te jure, hier soir, il semblait presque ivre. Tu ne penses pas qu'elle l'aurait vraiment drogué ? L'inquiétude m'a frappée. Si absorbée que j'étais dans le monde de la magie, j'oubliais parfois que d'autres choses pouvaient perturber les gens.

Liam a ri doucement. — Chérie, je ne pense pas qu'il existe une drogue, autre qu'une potion magique, qui pourrait le faire agir comme un chiot amoureux et gaga. Il est logique de penser qu'elle a peut-être utilisé un sort d'amour sur lui. Nous devrions vérifier si elle est passée dans l'une des boutiques.

— Nous sommes le seul endroit en ville qui vend des philtres d'amour. Je saurais si elle était venue. Les jumelles me l'auraient dit si c'était arrivé pendant mon absence.

— C'est vrai, mais il y a d'autres endroits où se procurer des philtres d'amour. Elle dit venir de la Nouvelle-Orléans, qui a plus que son compte de sorcières. Je suis sûr qu'elle aurait pu facilement mettre la main sur un philtre d'amour là-bas. Elle pourrait aussi savoir en fabriquer elle-même.

J'ai soupiré, appuyant ma tête contre le siège. — Je voudrais être heureuse pour Nathan, mais tout cela semble très louche.

— Oh, je dirais que quelque chose cloche. Je serais heureux pour Nathan s'il tombait amoureux. Je ne sais pas ce que c'est avec Annette, mais ça ne ressemble pas à de l'amour. Je parierais sur une sorte de potion.

— Mais si c'est une potion, celles-ci peuvent vraiment fonctionner, ai-je ajouté. La magie fonctionnait. Parfois même très bien.

Liam a ri doucement. — À moins que ce ne soit légitime, je pense que nous avons suffisamment de magie combinée à Charm Cove pour annuler tout ce qu'elle a pu faire.

— Espérons-le.

Après un court trajet, Liam s'est garé de l'autre côté de la rue face au phare. La maison de Nathan se trouvait derrière un bouquet d'arbres, la cachant de la vue du phare. La nuit tombait, et la lune se levait au-dessus de l'océan, projetant un miroitement argenté sur sa surface.

Liam a pris ma main dans la sienne tandis que nous approchions de la maison, sa poigne chaude et forte. Cela m'a rappelé que j'avais à peine eu le temps de penser à nos noces imminentes. Je suppose que c'était une bonne chose, tout bien considéré. J'avais tendance à m'inquiéter et je pouvais facilement me laisser emporter par les détails.

Étant donné l'importance de l'événement — un mariage et l'engagement de ma vie pour qu'elle soit définitivement liée à celle de Liam, ainsi que la réalisation de notre destin — j'avais déjà suffisamment de soucis.

— Alors, de quoi devrions-nous parler ? ai-je demandé tandis que nous suivions l'allée en ardoise menant à la maison de Nathan.

Liam a haussé une épaule avec désinvolture. — Peut-être de la météo ? On peut toujours se rabattre sur le mariage.

J'ai pouffé de rire et l'ai poussé du coude. — Parfait.

Quelques instants après avoir frappé, Nathan ouvrit la porte, un large sourire s'étirant sur son visage lorsqu'il nous vit. — Eh bien, bonjour. Je ne savais pas que vous passiez. Entrez, dit-il en nous faisant signe d'entrer.

La maison de Nathan était ce qu'on appelait une « saltbox ». Essentiellement, une maison carrée avec un long toit en pente à l'arrière, créant un seul étage à l'arrière de la maison et deux étages à l'avant. Le nom venait du fait que ces maisons partageaient la même forme qu'une boîte en bois généralement utilisée pour contenir du sel pendant l'époque coloniale. Le bardage était d'un gris patiné avec un toit en acier inoxydable d'un vert vif. La porte d'entrée menait à un petit vestibule devant l'escalier. La salle à manger se trouvait d'un côté et le salon de l'autre.

Après avoir fermé la porte derrière nous, Nathan se dirigea vers le salon. — Asseyez-vous. Annette et moi étions en train de déguster un peu de vin. Voulez-vous quelque chose à boire ? demanda-t-il, jetant un coup d'œil par-dessus son épaule.

— Oh non, nous venons juste de dîner à Windy Bay et nous avons pensé nous arrêter en rentrant, ai-je expliqué, le mensonge coulant facilement.

L'ameublement de Nathan était basique. Il avait un canapé avec deux fauteuils confortables et une table basse au centre contre le mur. Ce petit ensemble faisait face à une cheminée avec un téléviseur monté au-dessus sur le mur opposé.

Annette se leva du fauteuil où elle était assise. — Bonjour, dit-elle poliment avec un sourire gracieux.

— Salut, ai-je répondu avec un petit signe de la main.

Elle retourna s'asseoir dans le fauteuil placé en angle à côté du canapé. J'étais incertaine de l'endroit où m'asseoir, mais Nathan fit un geste vers le canapé, alors je me suis assise au milieu. Liam m'a rejoint, posant sa main sur le dossier pour l'enrouler autour de mes épaules.

Nathan s'assit dans l'autre fauteuil et rayonna en regardant Annette de l'autre côté de la table basse. — Je devrais t'y emmener. Windy Bay a plusieurs restaurants merveilleux, proposa Nathan.

— J'adorerais ça, dit Annette, son ton doux me semblant peu sincère.

— Comment appréciez-vous votre séjour à Charm Cove ? ai-je demandé.

— C'est une charmante petite ville. Les étés sont certainement plus frais ici qu'en Louisiane.

— J'imagine. Je n'ai jamais été en Louisiane, mais j'entends dire qu'il y fait très chaud et humide en été. Le Maine devient certainement chaud, et nous avons une touche d'humidité, mais rien de comparable à ce que vous connaissez là-bas.

Nathan nous regarda tour à tour et lâcha : — Annette et moi prévoyons de nous marier.

— Vraiment ? avons répondu Liam et moi à l'unisson.

— Quand ? ai-je demandé ensuite, essayant de garder ma bouche de s'ouvrir sous le choc.

— Eh bien, nous espérons le plus tôt possible. Nathan m'a dit que vous avez déjà un mariage prévu prochainement. Est-ce vrai ? demanda poliment Annette.

Cette conversation avait pris un tournant si étrange que je ne savais même plus quoi dire. J'ai finalement hoché la tête. — Euh, oui. Nous allons nous marier. Nous planifions le mariage depuis Noël dernier.

— Oh, c'est *tellement* romantique, répondit Annette, pressant sa main contre sa poitrine.

Nathan intervint : — Je disais à Annette que nous pourrions peut-être planifier notre mariage quelques semaines après votre retour d'Écosse.

Quand il nous regarda avec espoir, Liam et moi, j'ai hoché la tête.

Annette, contrairement à Nathan, semblait percevoir à quel point Liam et moi étions déconcertés. — Je sais que cela semble assez soudain, mais j'espère que vous comprenez à quel point notre mariage sera monumental.

Les choses passaient de bizarre, à encore plus bizarre, à complètement dingue.

— Eh bien, c'est *vraiment* soudain. Je suis d'accord que le mariage est une décision monumentale.

La main de Liam serra légèrement mon épaule. J'imaginais qu'il pouvait sentir que je vibrais littéralement de tension.

— Oh, ce n'est pas n'importe quel mariage, dit Annette, son expression complètement sérieuse.

— Ah non ? Cette fois, c'était Nathan et Liam qui parlèrent à l'unisson.

Apparemment, bien qu'il fût à moitié fou d'amour, même Nathan semblait réaliser qu'il ne comprenait pas tout ce qui se passait. J'ai dû mordre l'intérieur de mes joues pour ne pas rire.

J'ai réussi à prendre une respiration et à hocher la tête. — Dites-nous, qu'est-ce qui rend votre mariage avec Nathan si spécial ?

Annette se redressa dans son fauteuil, rejetant ses cheveux derrière son épaule. — Nous allons accomplir notre destinée.

J'ai soudain été frappée par l'absurdité de ma propre vie. Parce que, voyez-vous, j'étais habituée à entendre ce genre de choses. Sauf que dans mon cas, c'était moi qui étais responsable d'accomplir une destinée.

— Ah bon ? ai-je encouragé.

— Eh bien, oui. Je sais que mon nom de famille n'est pas Wicked, donc ce n'est peut-être pas évident au premier abord, mais je suis la Wicked destinée à épouser un Good pour cette génération. Nathan est le Good prédestiné, et il est parfait pour moi, expliqua Annette.

CHAPITRE DOUZE

Je suis restée sans voix, et apparemment, Liam et Nathan aussi. Tous les trois, nous avons simplement fixé Annette pendant plusieurs longs moments. Elle semblait penser qu'elle nous avait surpris, ce qui était le cas.

Mais pas tout à fait comme elle s'y attendait, comme cela est devenu évident lorsqu'elle a poursuivi : — Vous avez entendu parler de ce sort, n'est-ce pas ? Lancé il y a des siècles. À chaque génération, un Maléfique doit épouser un Bon pour maintenir la paix dans le monde des sorciers.

Nathan, qui semblait enfin sortir de son amour éperdu pour Annette, secoua légèrement la tête comme pour s'éclaircir les idées. — Annette, bien sûr qu'on en a entendu parler. Mais tu te trompes.

— Que sais-tu de Charm Cove ? intervint Liam.

— Eh bien, je sais qu'il y a beaucoup de Bons qui vivent ici. Je le savais parce que j'ai fait des recherches, nous a-t-elle révélé.

— Cette ville a été fondée par des Maléfiques et des Bons. C'est précisément ici que ce sort a été lancé à l'origine, ai-je expliqué. Donc nous savons exactement quel couple est destiné à se marier, et c'est Liam et moi. Nous le savons depuis que nous sommes petits.

La peau d'Annette s'assombrit légèrement, une teinte rose colorant ses joues. — Quoi ? siffla-t-elle.

Nathan hocha la tête, avec beaucoup de conviction. — Oh, absolument. Liam et Moira étaient destinés l'un à l'autre avant même leur naissance.

— Si tu connais l'histoire, le premier couple était un sorcier de Charm Cove et une sorcière d'Écosse, ajouta Liam.

— Ensuite, c'était une sorcière de Charm Cove et un sorcier de France, ai-je continué, reprenant le fil de l'histoire. Le couple le plus récent est ici même à Charm Cove maintenant, bien que Jacob soit venu de l'autre côté du pays. Seul le dernier couple peut savoir qui est destiné à être le prochain, et cela vient sous forme de vision.

Annette se leva brusquement, ses yeux sombres étincelant de colère. — Non ! s'exclama-t-elle en se détournant.

Nathan se leva, l'air visiblement inquiet, comme il se devait. — Annette, pourquoi es-tu si en colère ? Ce n'est pas grave. Je t'aime toujours.

Oh mon Dieu. On en revenait à l'amour.

J'ai jeté un coup d'œil à Liam. J'imaginais que j'avais l'air aussi préoccupée que lui. Il me serra l'épaule et se leva, son regard vigilant passant de Nathan à Annette.

Elle faisait les cent pas devant la cheminée, les bras croisés fermement sur sa poitrine. Elle s'arrêta brusquement et leva la main. J'ai vu le sort s'échapper de ses doigts, directement vers moi.

Liam pivota, lançant rapidement un sort de blocage qui illumina toute la pièce lorsque les deux sorts entrèrent en collision. Elle le foudroya du regard, agitant de nouveau la main. Il bloqua encore son sort.

Je me suis levée, ne sachant pas quoi faire, mais pensant que je devais agir. Liam se retourna vers moi. — Sors d'ici. C'est toi qu'elle vise ! cria-t-il.

Nathan semblait figé, immobile. Quand Annette leva à nouveau la main, j'ai lancé mon propre sort, concentrant rapidement mon attention et fermant les yeux. Des paillettes et de la fumée tourbillonnantes m'enveloppèrent. Je plongeai dedans et atterris de l'autre côté de la rue dans le phare, le seul endroit auquel j'avais pu penser une fois que le sort m'avait saisie.

Par chance, j'ai atterri à l'étage. La réception pour les téléphones portables avait tendance à être mauvaise ici, mais à l'étage supérieur, ça fonctionnait généralement. Sortant mon téléphone, j'ai d'abord appelé ma mère.

J'ai commencé à parler dès que la ligne s'est ouverte. — Je ne sais pas quoi faire, mais tu dois te rendre chez Nathan. Je suis de l'autre côté de la rue dans le phare, et Annette est devenue folle. Elle pensait qu'ils étaient le couple destiné. Quand elle a découvert que ce n'était pas le cas, elle a essayé de me jeter un sort et Liam l'a bloqué. Mes mots sont sortis en cascade.

Ma mère est restée calme, Dieu merci. — Donc tu es en sécurité dans le phare. Je sors déjà et j'envoie un message à ton père. Dès que je raccroche, j'appellerai Lea et Jacob. Si tu peux appeler Opal, Lea fera d'autres appels. Nous ferons venir autant de personnes que possible aussi vite que possible. Appelle aussi ton frère. Il peut aider, dit-elle, juste au moment où j'allais raccrocher.

J'ai rapidement passé une succession d'appels, souhaitant que quelqu'un d'autre que moi ait la magie de se téléporter. Malheureusement, ce n'était pas le cas. Chaque sorcière et sorcier avait des pouvoirs spécifiques qui se transmettaient occasionnellement à travers les générations. Ces pouvoirs s'ajoutaient aux pouvoirs communs, comme la fabrication de potions et de sorts, de petits éclairs et étincelles. Mon pouvoir spécifique me permettait de me téléporter sur de courtes distances. C'était pratique en cas d'urgence.

Tandis que j'attendais avec impatience, je regardais de l'autre côté de la route. L'étage supérieur du phare offrait une vue au-dessus des arbres sur la maison de Nathan. J'ai vu un autre éclair lumineux et me suis mordu la lèvre, espérant que Nathan sortirait de sa torpeur et aiderait Liam.

Rapidement, j'ai pu voir plusieurs voitures se garer sur la route devant sa maison. Durant ces quelques minutes, je n'avais vu qu'un seul autre éclair lumineux dans la maison.

J'étais nerveuse, luttant contre l'envie de me téléporter directement dans la maison de Nathan. Mes parents, Lea, Jacob, Gabriel,

Alice et les jumelles sont tous arrivés et sont entrés rapidement dans la maison sans attendre. Quelques instants plus tard, mon téléphone a vibré. En baissant les yeux, j'ai vu un message de ma mère.

Tu peux venir maintenant, c'est sans danger. Nous l'avons maîtrisée. Entre Lea et les jumelles, elle ne peut rien faire.

Excellent. J'ai commencé à descendre les escaliers puis j'ai fait une pause, reconsidérant rapidement la situation. Plus vite serait mieux. Fermant les yeux, j'ai pris une profonde inspiration et concentré mon énergie. Peu importe le nombre de fois où je lançais ce sort, une partie de moi avait envie de glousser. Parce que je me sentais comme un frisbee humain quand je me projetais dans la fumée et les paillettes qui tourbillonnaient autour de moi.

La fumée s'est dissipée, et je me suis retrouvée au milieu du salon de Nathan. Delia, Celia et leur mère Lea étaient dans le coin, maintenant Annette en place. Ses yeux étaient baissés, fixant les anneaux roses, violets et argentés qui l'entouraient.

Liam, mon père et Jacob se tenaient à côté d'eux. Je supposais qu'ils étaient prêts à bloquer tout sort qu'Annette tenterait de lancer, ou à la maintenir en place par la force si nécessaire. Pendant ce temps, mon frère Gabriel tenait une boule lumineuse dans ses mains. L'un de ses pouvoirs uniques était la capacité d'attraper les sorts. Il pouvait aussi les renvoyer directement à la personne qui les avait lancés. Ou, s'il se sentait bienveillant, il pouvait les dissoudre.

Ma mère se tourna vers lui et inclina légèrement la tête. —Tu ne vas certainement pas lui renvoyer ça, parce que je suppose que c'était destiné à blesser quelqu'un, dit-elle, d'un ton plus tranchant que d'habitude.

Gabriel acquiesça et la boule lumineuse dans ses mains se dissipa en petites étincelles, disparaissant dans le néant alors qu'elles tombaient vers le sol.

—Qu'est-ce que j'ai manqué ? demandai-je en me plaçant aux côtés de ma mère qui se tenait avec Opal et Theo.

—Quand nous sommes entrés, Liam bloquait très efficacement ses sorts avec un peu d'aide de Nathan. Le pauvre homme, ma mère fit une pause pour secouer lentement la tête, ...est encore assez abasourdi par toute cette histoire.

—Eh bien, je crois qu'elle l'a vraiment ensorcelé, ajouta Opal, lançant un regard noir en direction d'Annette.

—Que devons-nous faire ? demandai-je. Ce n'est pas comme si nous pouvions appeler la police pour ça.

—Bien sûr que non, répondit rapidement Opal. Nous devons comprendre pourquoi elle fait ça. Mis à part la maintenir en place pour l'instant, la seule autre solution à laquelle je pense est d'annuler son sort.

—En parlant de magie, ton père ne pense pas qu'elle soit si puissante, proposa ma mère. Je lui demanderais bien de venir maintenant, mais les hommes pensent qu'ils doivent se rendre utiles.

—Comme si les jumeaux et Lea ne pouvaient pas la maintenir en place indéfiniment si nécessaire, ajouta Opal avec un reniflement dédaigneux.

—Quelqu'un a-t-il essayé de lui parler ? demandai-je.

Liam m'entendit à quelques pas de là et croisa mon regard. —Je crois que c'est ce que nous essayions de faire quand tout est parti en vrille.

Je traversai la pièce, m'arrêtant devant Annette. Posant une main sur ma hanche, j'inclinai la tête sur le côté, l'étudiant un moment. —Maintenant que tu ne peux blesser aucun d'entre nous, pourquoi n'expliques-tu pas ce qui te contrarie tant ?

Bien que sa capacité à bouger fût limitée par les sorts de maintien autour d'elle, elle pouvait encore faire un léger haussement d'épaules. —Je suis convaincue que vous vous trompez à propos du mariage prédestiné. Évidemment, mes recherches m'ont menée vers le mauvais homme, mais je suis persuadée que *je* suis la Wicked destinée, pas toi, dit-elle avec hauteur.

Lea secoua la tête. —Ma chère, il est évident que vous n'avez aucune idée de ce dont vous parlez. Si vous connaissiez l'histoire du sort du mariage prédestiné, vous sauriez que les seuls sorciers et sorcières au courant de qui pourrait être les prochains Wicked et Good destinés à se marier sont ceux de la génération précédente. Cela se trouve être moi et mon mari, dit-elle, faisant un signe de tête vers Jacob.

Annette regarda de moi à Lea à Jacob puis à Liam, son regard carrément furieux.

—Écoute, si ça peut te faire sentir mieux, c'est beaucoup de pression. Tu devrais te sentir soulagée de ne pas avoir à t'en soucier, ajoutai-je.

Annette essaya de bouger à nouveau et laissa échapper un soupir exaspéré. —C'est ridicule. Je ne vais faire de mal à personne.

—Euh, ouais. Tu viens juste d'essayer de lancer une sorte de sort dingue sur moi plus d'une fois. D'après ce que j'ai pu voir de l'autre côté de la rue, les étincelles volaient encore après mon départ, dis-je sèchement.

Bien qu'il fût évident qu'Annette possédait de la magie, j'avais l'impression que ses pouvoirs étaient limités.

Opal s'approcha, accompagnée d'Alice et de ma mère. —Je propose que nous mettions une nullification temporaire sur le sort jusqu'à ce que nous décidions si elle est inoffensive ou non, dit Opal, ses yeux d'acier fixés sur Annette.

—Je trouve que c'est tout à fait parfait, répondit Lea avec un hochement de tête ferme.

La nullification de la magie pouvait être réalisée si l'on avait suffisamment de sorcières et de sorciers pour y parvenir.

—Gabriel, dit ma mère.

Mon père se retourna et la regarda. —Oui, ma chérie ?

—Nous aurons besoin d'un peu d'aide de vous tous pour cela. C'est juste temporaire, ajouta-t-elle quand Annette commença à balbutier et à protester.

Nous l'encerclâmes tandis que Lea et les jumeaux continuaient de la maintenir en place. Beatrice arriva à ce moment-là et comprit rapidement ce qui se passait, nous rejoignant sur le bord extérieur du cercle et sortant une baguette.

D'un coup de baguette de Beatrice, nous vîmes un fil de lumière tournoyant passer d'Annette à la baguette. Beatrice rangea la baguette à l'intérieur de sa veste légère. Le subtil mouvement de son poignet me fit comprendre qu'elle avait également jeté un sort de protection dessus.

—Je suppose que vous pouvez la relâcher maintenant, dit Opal, pinçant les lèvres. Elle semblait agacée par tout cet événement. Mais après tout, Opal avait très peu de patience pour les drames, et tout ceci n'était que du drame.

Une fois que les jumeaux et Lea eurent relâché le sort de maintien, Annette leva immédiatement la main, tentant visiblement de lancer encore un autre sort. Quand rien ne se produisit, ses joues devinrent rouges et elle tapa du pied.

—Comment avez-vous fait ça ? exigea-t-elle.

Lea pencha la tête sur le côté. —Vous avez peut-être quelques tours dans votre manche, mais nous en avons davantage, dit-elle avec hauteur. Maintenant, parlons de ces sorts.

Nathan se plaça aux côtés d'Annette. —Attendez une minute. J'ai besoin de clarifier quelque chose. Vous me dites que si je ne suis pas le Good prédestiné, vous ne m'aimez pas ? demanda-t-il.

Le pauvre homme semblait complètement dévasté, et je ressentis une pointe de tristesse pour lui. Même s'il était clair qu'elle l'avait ensorcelé d'une manière ou d'une autre, la réalité n'en était pas moins désagréable.

—Si tu n'es pas le Good prédestiné, alors je ne suis pas amoureuse de toi, dit-elle catégoriquement. Clairement, mes recherches m'ont orientée dans la mauvaise direction. Elles m'indiquaient que ce serait un homme aux cheveux noirs et aux yeux bleus vivant à Charm Cove qui aurait de la magie au bout des doigts.

Ma mère leva les yeux au ciel. —Tu viens de décrire essentiellement tous les hommes de la famille Good.

—La prochaine fois que tu feras tes recherches, intervint Liam, tu devrais peut-être consulter ma mère d'abord. C'est l'experte.

Il vint à mes côtés, glissant son bras autour de ma taille et me rapprochant de lui. Je ne pus m'empêcher de ressentir un petit frisson de possessivité.

Destinée ou non, j'aimais vraiment Liam. Que ce soit à cause du sort ou par pure commodité, vu que j'étais destinée à l'épouser que je le veuille ou non, j'en étais plutôt soulagée.

Les yeux d'Annette se plissèrent alors qu'elle nous regardait, Liam et moi. —C'est une erreur.

Sur ces mots, elle nous dépassa en trombe, se mettant à courir et s'enfuyant de la maison.

CHAPITRE TREIZE

Malgré la puissance collective présente dans la pièce, je ne pense pas que l'un d'entre nous s'attendait à ce qu'Annette prenne simplement la fuite. Nathan fit un geste pour la poursuivre, et Gabriel tendit le bras pour le retenir, mais mon père secoua la tête. — Laisse-le courir. Il est encore ensorcelé.

— Oh mon Dieu, tu as tout à fait raison, dit ma mère, le front plissé d'inquiétude. Nous devons briser son sortilège pour qu'il se sente un peu moins désorienté.

Gabriel ricana. — Je me fiche de ce qu'il ressent. J'aimerais juste qu'il arrête de se languir d'elle. C'est totalement hors de caractère pour Nathan.

Je levai les yeux vers Liam. — Devrions-nous les poursuivre ?

— À ce stade, elle est inoffensive en ce qui concerne ses capacités à lancer des sorts. Je ne peux pas imaginer qu'elle aille bien loin, répondit-il.

Un instant plus tard, la porte d'entrée s'ouvrit et Nathan revint, l'air morose et confus. — Je ne sais pas où elle est passée.

— Il n'y a pas tant d'endroits où fuir, dit Lea, ses bracelets tintant alors qu'elle posait une main sur sa hanche.

— Elle a coupé à travers les bois quelques maisons plus loin. Il fait sombre, et elle avait juste assez d'avance pour que je la perde de vue, expliqua Nathan.

— Je pense que tu devrais te remettre en forme, suggéra Gabriel avec un petit rire, s'attirant un regard offensé de Nathan.

Beatrice regarda Nathan et sortit une baguette différente, pas celle avec laquelle elle avait capturé le sort d'Annette. D'un rapide mouvement du poignet, elle dit : — Voilà.

Nathan resta immobile quelques instants avant de secouer vigoureusement la tête. Regardant Beatrice, il demanda : — Mais qu'est-ce qui vient de se passer ?

Les yeux de Beatrice se plissèrent aux coins avec son sourire. — Je viens d'éliminer ce ridicule philtre d'amour qu'elle t'a lancé. C'était un peu différent, précisa-t-elle. Certainement pas une potion. En fait, je parierais que c'était une modification du sort qu'elle utilisait pour attirer ces bateaux vers l'île.

— Donc vous pensez que c'est elle qui faisait ça ? demandai-je.

— Je le crois, répondit Beatrice.

Nathan s'effondra dans un fauteuil à côté de lui avec un profond soupir, se penchant en arrière et passant une main dans ses cheveux. — Eh bien, maintenant je me sens comme un idiot.

— Nous sommes tellement reconnaissants que tu te sentes comme un idiot, commenta Opal avec un sourire compréhensif. J'imagine que tu n'es plus follement amoureux d'Annette ?

Nathan secoua lentement la tête. — Non. Je n'arrive pas à croire qu'elle s'était mis en tête que nous étions le couple destiné. Mon Dieu, je ne veux pas de ce genre de pression, dit-il, regardant tour à tour Liam et moi.

Je ne comprenais que trop bien cette pression. J'avais peut-être fait la paix avec ça, mais ça ne changeait pas le fait que j'avais moi-même fui tout ça autrefois. Le bras de Liam entoura à nouveau mon épaule tandis qu'il répondait : — Je suis juste content qu'elle nous ait confondus. Ça aurait pu rendre les choses plutôt gênantes à quelques semaines de notre mariage. Son regard croisa le mien avec un sourire.

— C'est sûr. Bon, que faisons-nous maintenant ? demandai-je.

— Nous avons son sort ici dans cette baguette, dit Beatrice, tapotant sa veste alors qu'elle glissait l'autre baguette dans la poche voisine.

— Si vous voulez mon avis, Annette a un grain, vous ne trouvez pas ? demanda ma mère d'un ton désinvolte.

— Oh, c'est plus qu'un grain, c'est complètement cinglée oui, dit Lea en s'asseyant dans le fauteuil en face de Nathan.

— Par prudence, demandons à Daniel de garder un œil ouvert. Soit elle va quitter la ville complètement, soit elle va réapparaître. Je suis plus intéressée par ses motivations. Son nom de famille n'est pas Wicked, et si elle a un lien quelconque, il est certainement distant, proposa Opal.

— Les gens font des choses insensées quand ils se mettent des idées en tête, ajouta ma mère. Elle regarda Alice. — Tu n'étais pas déjà en train de chercher des informations sur son passé ?

Alice hocha la tête. — En effet, mais il n'y a pas grand-chose. J'ai besoin de contacter quelqu'un de sa famille. J'ai remonté jusqu'à une grand-mère en Louisiane qui est à environ trois degrés de parenté de l'un de nos cousins Wicked. Il est tard ce soir, mais je passerai quelques appels demain pour voir ce que je peux découvrir.

— En attendant, dit mon père en me regardant, je vous suggère à tous les deux de placer des sorts de protection sur chaque entrée du pavillon. Elle semble penser qu'elle peut perturber votre prochain mariage. Bien que nous ayons neutralisé le sort qu'elle utilisait ici, nous ne savons pas quelle autre magie elle possède. Nous aurions besoin de faire beaucoup plus de travail pour supprimer complètement sa magie.

— Quant au reste d'entre nous, intervint Lea, nous devons tous rester vigilants. Elle se tourna vers Nathan, se levant et s'approchant de son fauteuil. Elle lui pressa légèrement l'épaule. — Toi, mon cher garçon, tu ferais bien de mettre des sorts de protection ici. Je ne sais pas où d'autre elle pourrait séjourner.

— Ne vous inquiétez pas, j'y pensais déjà, dit-il avec un soupir. Nathan avait l'air franchement épuisé. L'expérience d'être ensorcelé, d'après ce que je savais, pouvait être éprouvante une fois terminée. J'étais soulagée de le voir redevenir lui-même et ne plus se languir d'Annette.

CHAPITRE QUATORZE

Le lendemain, je me retrouvai sans surprise très occupée à Persnickety Potions & Gifts. Le réseau de messagerie entre les sorcières et les sorciers de Charm Cove était en pleine effervescence. Les gens lançaient des sorts de protection à tour de bras et échangeaient des informations sur les apparitions d'Annette.

Apparemment, elle avait tenté de retourner chez Nathan la nuit dernière. Elle avait été contrecarrée par sa sage décision de lancer des sorts de protection tout autour de la maison. Si elle savait où Liam et moi habitions, elle n'avait fait aucune tentative de visite inattendue.

Plus tard dans l'après-midi, Daniel est entré dans la boutique d'un pas nonchalant.

— Salut, Daniel, l'ai-je hélé en terminant d'encaisser un client.

Il a attendu au bout du comptoir pendant que j'emballais la collection de cadeaux du client. Les jumelles étaient là jusqu'à la fermeture, alors j'ai appelé Celia pour qu'elle s'occupe de la caisse et je suis allée dans l'arrière-boutique avec Daniel.

— Qu'est-ce qui t'amène ici ? ai-je demandé rapidement, sans même prendre la peine de faire la conversation. Il avait l'air préoccupé, donc j'étais naturellement inquiète.

— Eh bien, il semble que nous ayons affaire à un enlèvement.

— Pardon ?

— Annette a kidnappé Noah, le petit frère de Liam, a expliqué Daniel.

— *Quoi* ?!

Daniel a simplement hoché la tête, paraissant beaucoup trop calme à mon goût.

— Pourquoi ne fais-tu rien ? ai-je exigé.

— Parce que Noah va bien. Annette s'est mise en tête que si elle épouse l'un des cousins Good avant que toi et Liam ne vous mariez, elle pourra d'une façon ou d'une autre changer le cours de ce mariage prédestiné. Daniel s'est passé la main dans les cheveux avec un soupir et un petit rire. C'est assez ridicule.

Il a sorti son téléphone, jetant un coup d'œil à l'écran et tapotant dessus. — Regarde, il m'envoie des messages, a-t-il dit en tournant le téléphone et inclinant l'écran pour que je puisse voir un message de Noah.

Salut Daniel, je vais bien, mais Annette ne veut pas que je quitte la maison. Je ne suis pas sûr de ce qu'elle a en tête, mais elle pense pouvoir modifier cette histoire de destin.

J'ai fixé le message avant de regarder à nouveau Daniel. — Qu'est-ce que tu vas faire, bon sang ?

— La grand-mère d'Annette vient la chercher. Alice l'a retrouvée ce matin. Je ne pense pas qu'elle soit vraiment folle. Mais elle est un peu obsédée par cette histoire de mariage, c'est certain. Selon ce qu'Alice a appris de la grand-mère d'Annette, Annette était fiancée. Quand son fiancé est mort dans un accident de voiture une semaine avant leur mariage, elle a un peu perdu pied. Sa grand-mère parle de deuil compliqué, a-t-il expliqué.

— Oh, pour être compliqué, il l'est, ai-je marmonné.

Daniel a haussé les épaules. — En attendant, nous pensons qu'il est préférable que Noah reste tranquille. Sa grand-mère atterrira dans le Maine dans quelques heures.

— Et tu vas simplement laisser Noah là-bas avec elle ? Et si elle fait quelque chose ?

Je devenais agitée. Je n'arrivais pas à croire que nous n'allions rien faire d'autre qu'attendre quelques heures pendant qu'Annette retenait Noah captif dans sa maison.

— J'ai des hommes qui surveillent la maison. Noah nous envoie des messages régulièrement pour nous dire qu'il va bien. Il paraît qu'elle lui a préparé des macaronis au fromage maison, et que c'est délicieux.

J'ai éclaté de rire parce que je ne savais pas quoi faire d'autre, et toute la situation était absurde. — Et pour les bateaux ? ai-je demandé quand j'ai finalement réussi à arrêter de rire.

— Quand je lui parlerai, je découvrirai si c'est elle la prétendue sirène. Dieu sait comment je vais documenter ça dans mes rapports, mais je trouverai une solution. Indépendamment de ça, j'ai confirmé qu'il y a bien une fraude à l'assurance. Deux des suspects de cette ancienne affaire de trafic de drogue se faisaient beaucoup d'argent. Le procureur va déposer des accusations demain. Elle est en train de finaliser toute la paperasse.

— Tu veux dire qu'ils étaient impliqués d'une manière ou d'une autre ? Est-ce qu'ils sont au courant pour Annette ?

— Oh bon sang, non, a répondu rapidement Daniel, sa façade professionnelle se fissurant un moment avec cette expression. Ils ont profité d'une situation, c'est tout. D'après les preuves, les deux premiers bateaux étaient les seuls qui n'étaient pas impliqués dans l'arnaque à l'assurance. Les autres ont vu une opportunité et l'ont saisie.

— Ne devrais-tu pas être, je ne sais pas, chez Noah ? ai-je demandé, satisfaite du sujet de l'arnaque à l'assurance.

— J'ai quatre hommes là-bas, Moira. J'ai pensé que je passerais te faire un point, puisque je sais que tu aimes être au courant de ce qui se passe, a-t-il dit d'un ton significatif.

J'ai plissé les yeux, me mordant l'intérieur de la joue. — C'est vrai. Je suis juste un peu inquiète.

— Eh bien, Zoe m'a briefé et m'a dit que je n'avais pas à m'inquiéter qu'Annette lance des sorts dangereux à cause de ce que vous avez fait hier. Avec Noah qui nous envoie des messages, j'attendrai jusqu'à l'arrivée de sa grand-mère, et elle pourra nous aider à ce moment-là.

Nerveuse, je l'ai dévisagé. — Je pense que je devrais y aller, Daniel.

— Oh non. Tu ne vas *certainement pas* y aller. Un de mes quatre adjoints est un sorcier, donc nous avons suffisamment de capacités magiques sur place, a-t-il dit avec un regard ferme.

J'ai soupiré. — As-tu parlé à quelqu'un d'autre ?

Daniel a ri doucement. — Bien sûr. Lea et Opal m'ont déjà appelé toutes les deux. Je me doutais que le téléphone arabe des sorcières devait chauffer.

C'est à ce moment que j'ai réalisé que j'avais laissé mon téléphone à l'avant. J'ai pivoté pour me précipiter et récupérer mon téléphone dans le tiroir sous la caisse informatique. Une fois que je l'ai eu en main, j'ai vu que plusieurs messages étaient arrivés pendant que j'étais occupée cet après-midi. Les jumelles gardaient principalement leur attention sur les clients, mais je sentais leurs regards curieux dans ma direction.

Quand je suis retournée à l'arrière du magasin, Daniel terminait juste un appel. — Sa grand-mère atterrit à Portland. Je viens de mettre à jour le chef de police là-bas, et il me contactera dès qu'elle arrivera. Appelle-moi si quelque chose se produit, a dit Daniel en sortant.

J'ai immédiatement appuyé sur le bouton pour composer le numéro de Liam et j'ai porté le téléphone à mon oreille. Il a répondu tout de suite, l'air légèrement distrait.

—Tu as entendu ? ai-je demandé rapidement.

—Si c'est à propos de Noah coincé avec Annette, oui. Je viens de raccrocher avec lui.

—Tu vas y aller ?

—Moira, je t'aime et je comprends pourquoi tu demandes. Mais je pense que la chose la moins utile serait que toi ou moi nous présentions là-bas, vu qu'elle est toute agitée à cause de cette histoire de destin. Noah a même pitié d'elle.

Je savais que Liam avait raison, mais je détestais avoir l'impression de ne rien pouvoir faire. —Tu as parlé à Nathan aujourd'hui ?

Appuyant mes hanches contre la table le long du mur du fond, j'ai levé distraitement les yeux, notant mentalement que je devrais bientôt refaire des stocks de certains de nos filtres d'amour.

—Il est passé au bureau plus tôt. Il est gêné d'avoir été ensorcelé par Annette, mais il va bien. Tu seras contente de savoir qu'il est redevenu normal et qu'il n'a actuellement envie d'épouser personne.

—C'est un soulagement. Je n'arrive pas à croire à tout ce gâchis. Je déteste rester là à me tourner les pouces.

Le rire grave de Liam a résonné dans mon téléphone. —Évidemment. Je suis sûr que la boutique est assez occupée, alors pourquoi ne pas te concentrer là-dessus ?

J'ai soupiré et lancé un regard noir au téléphone, même s'il n'était pas dans la pièce pour me voir. —D'accord. Tu viens me chercher quand ?

—À l'heure habituelle quand tu fermes, a-t-il répondu. Mais je dois y aller. J'ai un appel qui arrive. Je t'aime, a-t-il dit avant de raccrocher.

—Je t'aime, ai-je murmuré.

Je n'aimais pas ce jeu d'attente, et je n'aimais certainement pas qu'Annette soit enfermée avec Noah. Je suppose que c'était pratique qu'il trouve toute cette situation amusante.

Au moment où j'envisageais qui appeler ensuite, mon téléphone a vibré dans ma main. Le nom de ma mère s'affichait à l'écran, et j'ai fait glisser mon pouce dessus pour répondre. —Salut, maman.

—Bonjour, ma chérie. Je me suis dit que tu étais probablement en train de t'inquiéter, alors j'ai pensé te faire savoir que Lea, Alice et moi allons surveiller la maison de Noah avec la police. Comme ça, si Annette fait quelque chose de louche, nous pourrons gérer la situation.

—Pourquoi je ne-

Ma mère m'a coupée avant que je puisse finir ma question. —Tu ne nous rejoins pas. En ce moment, elle est très en colère contre toi et Liam, donc il vaut mieux qu'aucun de vous deux ne soit présent.

J'ai levé les yeux au ciel. —D'accord. Tiens-moi au courant dès que tu as du nouveau.

Comme j'avais besoin de faire quelque chose pour calmer mon agitation, je suis allée à l'avant pour m'occuper de la caisse et étiqueter une livraison de bracelets porte-bonheur que nous avions reçue aujourd'hui. Entre les clients, j'ai lancé des sorts de charme légers sur chacun d'eux. Pendant ce temps, je réfléchissais à Annette. Nous n'avions pas encore déterminé si elle avait légitimement lancé les sorts de sirène depuis cette île. Si oui, comment ?

Je ne doutais pas qu'elle possédait de la magie, ayant vu de mes propres yeux comment elle avait ensorcelé Nathan et ses tentatives de sorts dirigées contre moi. Pourtant, mon père avait clairement indiqué que sa magie était faible au mieux. Cela dit, même les sorcières et les sorciers faibles pouvaient pratiquer certains sorts et apprendre à les lancer efficacement.

Quand l'heure de fermeture est arrivée, avec les jumelles qui rangeaient l'avant du magasin, je me suis dirigée vers l'entrée pour verrouiller et retourner l'écriteau sur Fermé. Au moment où je le tournais, Beatrice a traversé la rue en courant, me faisant signe à travers la vitre. Déverrouillant la porte, je l'ai fait entrer rapidement, la refermant immédiatement derrière elle.

—Salut, Beatrice, qu'est-ce qui t'amène ici ?

—J'ai pensé que nous pourrions décharger le sort contenu dans cette baguette, a-t-elle dit, sortant la baguette de son manteau et la tenant en l'air.

—C'est la baguette qui contient le sort d'Annette ? ai-je demandé.

—Oui. J'ai demandé à Tom Lewis de venir faire un tour et de l'examiner. C'est le même sort qu'elle a utilisé, pensons-nous, pour lancer sa magie de sirène.

—Vraiment ? Elle pensait que ça nous ferait du mal ?

—Je pense que c'est son seul tour, alors elle le lançait à tort et à travers. Entre Jacob et Tom, nous avons établi qu'il s'agit définitivement d'un sort d'appel. Nous n'allons pas annuler complètement sa magie, mais nous ferions aussi bien de nous débarrasser de celui-ci.

—Va-t-elle perdre complètement ce pouvoir si nous faisons ça ? ai-je demandé.

Beatrice a secoué la tête. —Oh non. Elle devra simplement s'entraîner à nouveau.

—Peut-on décharger ce sort avec un autre sort ? ai-je demandé, sincèrement curieuse.

Beatrice était l'une des sorcières les plus puissantes de Charm Cove. Le sorcier qu'elle avait mentionné, Tom Lewis, était également extrêmement puissant. Je n'imaginais pas comment je pourrais être utile dans cette situation.

—Oh non, ma chère. Nous avons besoin d'une potion. C'est pourquoi je suis passée ici. Je me suis dit que ça ne te dérangerait pas de me prêter ton arrière-boutique. Tu devrais avoir tous les ingrédients dont nous avons besoin.

—Oh, bien sûr.

Les jumelles regardaient attentivement tandis que je lui faisais signe de me suivre. J'ai éteint les lumières à l'avant alors que nous marchions vers la caisse d'un côté du magasin. —Je suppose que ça ne te dérange pas si les jumelles regardent, ai-je dit, jetant un coup d'œil à Beatrice alors que nous contournions le comptoir.

—Bien sûr que non. Allons tous ensemble à l'arrière, a répondu Beatrice, adressant un sourire aux jumelles.

—Tout est en ordre ici ? ai-je demandé à Celia pendant qu'elle tapait sur une touche du clavier de l'ordinateur.

Elle a souri brillamment. —Oui, j'étais juste en train d'enregistrer.

Delia a tiré le tiroir-caisse, tandis que Celia éteignait l'ordinateur avant de suivre Beatrice et moi à travers le rideau de perles vers l'arrière de la boutique.

J'ai indiqué à Beatrice la table de travail qui longeait le mur du fond. —Vas-y et trouve ce dont tu as besoin là-bas. Les étagères au-dessus sont classées par ordre alphabétique, ai-je expliqué.

Je me suis retournée, retournant à l'avant. J'ai rapidement lancé un sort de protection sur la porte d'entrée avant de revenir pour regarder Beatrice travailler.

Elle a posé la baguette sur la table, tambourinant des doigts à côté tout en parcourant des yeux les étagères d'ingrédients pour potions. Nous avions des rangées et des rangées d'ingrédients pour une variété de potions. Au-delà des potions que nous vendions dans le magasin, nous en fabriquions d'autres pour un usage personnel. De nombreux membres de familles de sorcières et sorciers venaient quand ils avaient besoin de quelque chose pour faire des potions.

Celia et Delia se sont entassées à une extrémité de la table, observant Beatrice sélectionner soigneusement divers articles.

—Alors, quelle potion prépares-tu ? ai-je demandé en m'appuyant sur l'autre extrémité de la table.

—Elle n'a pas de nom à proprement parler. C'est essentiellement une potion de nullification de sort très spécifique. Si elle choisit de lancer à nouveau le sort, elle devra faire un peu de travail pour y parvenir.

—Oh, ai-je murmuré, observant comment elle combinait soigneusement les ingrédients dans un pot à potion.

Après quelques minutes, Beatrice a hoché la tête, émettant un petit bourdonnement satisfait. Elle a soulevé la baguette, la tenant droite en l'air. Regardant autour d'elle, elle a demandé : —Y a-t-il un plateau ou un bol quelque part ?

Je me retournai rapidement, ouvris le placard derrière moi et en sortis un petit bol en acier inoxydable. Beatrice le plaça sous la baguette puis versa la potion liquide sur celle-ci, la laissant s'écouler dans le bol.

Nous observions en silence. Après un moment, la baguette se mit à luire avant qu'une fumée vaporeuse ne s'en élève, accompagnée d'un petit sifflement dans l'air.

Beatrice sourit, tenant la baguette en l'air jusqu'à ce qu'elle cesse de briller et que la fumée disparaisse. — Voilà, c'est fait.

— Oh, c'était vraiment cool, murmura Delia.

— Et maintenant ? demandai-je.

— Pas grand-chose. Notre amie Annette devra s'entraîner à nouveau pour maîtriser ce sort, répondit Beatrice.

— Est-ce que c'est une sorte de vol de magie ? Enfin, techniquement parlant, précisai-je.

Beatrice secoua la tête. — Oh non. Personne d'autre ne possède ce sort. C'est similaire à ce que fait ton frère quand il capture un sort, sauf que dans ce cas, la baguette retient la magie. Je l'ai dissolue, donc maintenant elle devra tout reprendre depuis le début et affiner son pouvoir. Une vieille astuce qui date de l'époque où il y avait plus de sorcières et de sorciers qui faisaient des bêtises avec leurs pouvoirs, dit Beatrice avec un sourire malicieux.

— Vous nous apprendrez cette potion ? demandèrent les jumelles à l'unisson.

— Vous venez de me voir la préparer, alors faites de votre mieux pour vous en souvenir, dit-elle avec un clin d'œil.

CHAPITRE QUINZE

Quelques minutes à peine après le départ de Beatrice de la boutique, Liam est arrivé pour me récupérer, m'informant que la grand-mère d'Annette était arrivée et se trouvait à la maison avec la police. Bien que j'aie eu envie de m'y rendre immédiatement, Liam m'a rappelé, encore une fois, que l'objectif était de la calmer et que notre présence pourrait l'agiter davantage.

Peu après, nous avons finalement reçu l'autorisation de nous retrouver au commissariat. Liam m'a tenu la porte tandis que nous entrions dans le vieux bâtiment carré en granit. Anna Goodness a levé les yeux avec un sourire depuis le bureau d'accueil.

— Vous ne travaillez pas un peu plus tard que d'habitude ce soir ? ai-je demandé en lui rendant son sourire.

— Je suis de service du soir. Elle a appuyé sur un bouton de son bureau, et la porte à côté de la salle d'attente a émis un bourdonnement. — Allez-y tous les deux. Je vous préviens, il y a pas mal de monde là-bas.

Liam et moi sommes entrés, passant devant le bureau de Daniel pour rejoindre une salle de conférence au bout du couloir d'où filtraient des voix. En entrant dans la pièce, j'ai immédiatement cherché Annette, pour découvrir qu'elle n'était pas là.

Daniel se tenait dans un coin, discutant avec Noah. Pendant ce temps, Alice, Lea et ma mère étaient présentes, ainsi que Jacob, mon père et le père de Liam. Liam s'est éloigné pour parler avec Daniel et son frère, tandis que je me dirigeais directement vers ma mère.

— Où est Annette ? ai-je demandé immédiatement.

— Oh, elle est avec sa grand-mère. Elles sont déjà en route pour l'aéroport afin de retourner à La Nouvelle-Orléans, a expliqué ma mère.

— Elle ne va pas être arrêtée pour avoir pratiquement kidnappé Noah ? ai-je demandé.

Alice a soupiré et secoué la tête. — Non, et il va bien. Je pense même qu'il a trouvé toute cette histoire amusante. Cette pauvre fille n'est simplement pas tout à fait dans son état normal. Sa grand-mère jure qu'elle n'a plus été la même depuis que son fiancé a été tué dans un accident de voiture quelques semaines seulement avant leur mariage.

— C'était il y a environ six mois, a ajouté Lea. Les gens font des choses étranges quand ils sont accablés par le chagrin.

J'ai absorbé cette information, imaginant que je serais complètement dévastée si Liam était tué dans un accident de voiture. — J'ai toujours l'impression qu'on ne sait pas tout ce qui s'est passé. Pense-t-on vraiment qu'elle a réussi à se rendre sur l'île et qu'elle appelait les hommes jusqu'à elle ?

Ma mère a affiché un sourire. — En fait, oui. Avant d'ensorceler Nathan, elle avait ensorcelé un pêcheur local. Elle l'a persuadé de l'emmener sur l'île et elle est restée dans la cabine d'un bateau à côté de l'île. Cette première nuit, c'est bien elle qui a attiré les trois premiers bateaux. Après ça, elle est partie. Ensuite, bien sûr, ces hommes stupides et cupides ont vu une opportunité et l'ont saisie. Ils avaient une explication bizarre et aléatoire pour expliquer pourquoi les bateaux s'écrasaient et un moyen facile d'escroquer l'argent de l'assurance. Du moins, c'est ce qu'ils pensaient.

J'ai levé les yeux au ciel. — Ça semble beaucoup de travail de détruire son propre bateau pour gagner un peu d'argent.

— Les arnaques à l'assurance existent depuis que l'assurance existe, a dit Liam par-dessus mon épaule en s'approchant. Il s'est arrêté à côté de moi, se penchant pour déposer un baiser sur ma joue. D'une façon ou d'une autre, même maintenant, ce petit point de contact m'a envoyé une décharge d'électricité.

J'ai croisé son regard juste au moment où il m'a fait un clin d'œil. — Je sais. Tout cela semble tellement ridicule. Qu'est-ce qu'elle pensait faire ?

Nathan s'est approché à ce moment-là, affichant un sourire penaud. — Eh bien, je pense qu'elle pensait voler ton bien-aimé. Le problème, c'est qu'elle s'est trompée de cible. *Moi*. Donc aucun sortilège d'amour idiot n'a été jeté sur Liam. Bien que ça aurait certainement été amusant.

—Je ne pense pas que ça aurait fonctionné, a dit Lea en riant.

— Tu ne penses pas ? a taquiné Liam, passant son bras autour de mon épaule pour me serrer contre lui.

Lea a fermement secoué la tête. — Très certainement pas. On ne peut pas vaincre le destin avec un sort.

ÉPILOGUE

Deux semaines plus tard, je me tenais devant une petite chapelle en pierre, située sur une pente douce dans un champ à la lisière d'une forêt. C'était charmant. Depuis notre arrivée en Écosse quelques jours plus tôt, la famille propriétaire du terrain où se trouvait cette chapelle nous avait expliqué que toute la zone était autrefois une forêt avec seulement une petite clairière pour la chapelle. La chapelle avait été construite il y a environ quatre cents ans.

Au cours des siècles suivants, une partie de la propriété avait été défrichée pour l'agriculture. Aujourd'hui encore, la majorité de la région était utilisée pour l'agriculture, bien que cette chapelle et d'autres disséminées dans la campagne écossaise étaient largement préservées, certaines étant encore utilisées chaque semaine. Celle-ci en particulier servait occasionnellement pour des mariages. La chapelle était construite en pierre de couleur sable, et le soleil lui donnait une teinte chaleureuse en cet après-midi d'été frais.

Mon mariage devait avoir lieu dans quelques heures, et j'étais assez nerveuse. Bien que je ne me considère pas trop superstitieuse — ce qui était hilarant compte tenu du fait que j'étais une sorcière — je ne pouvais me résoudre à voir Liam de toute la journée. Je l'avais même banni de l'auberge où nous séjournions la nuit dernière.

Avec nos deux familles qui s'en mêlaient activement, elles avaient prévu cette éventualité. Les hommes assistant au mariage étaient logés dans une auberge, et les femmes dans une autre. J'avais l'impression d'avoir remonté le temps dans ce village écossais. Bien que le village disposât de tous les équipements modernes, il restait assez petit. Avec ses collines ondulantes entrecoupées de forêts et d'adorables cottages, la région était vraiment attachante. Il y avait même des moutons qui parsemaient le paysage.

Une voiture s'arrêta dans le parking au pied de la colline. Des portières claquèrent et des voix me parvinrent. Ma mère et un contingent de femmes des lignées Wicked et Good étaient arrivés. Sans que je le sache pendant la planification, ils avaient rassemblé des parents éloignés des côtes du Royaume-Uni et d'Europe. Il y avait même une arrière-arrière-grand-mère qui assistait au mariage et qui avait été présente lors du dernier mariage Wicked et Good dans cette chapelle trois générations auparavant. Elle était alors une petite fille, mais elle était assez âgée pour s'en souvenir et nous avait régalés d'histoires lors du dîner l'autre soir.

En un rien de temps, je fus emportée dans l'activité de la journée. Avant même de m'en rendre compte, l'heure de mon mariage était arrivée. Je me tenais dans le vestiaire avec Emma à mes côtés, jetant un dernier coup d'œil au miroir.

Je ne me considérais pas particulièrement vaniteuse, mais sachant qu'il y aurait une multitude de photos, je devais être belle, ou mieux encore, ravissante. Ma robe de mariée était en soie crème et m'allait parfaitement. C'était une simple gaine aux lignes épurées. Mon voile en dentelle tombait à mi-dos. Par un miracle, la robe était remarquablement confortable. La couturière m'avait assuré que son objectif principal dans son travail était de s'assurer que chaque mariée se sente à l'aise dans sa robe. En ajustant la robe de ma grand-mère pour qu'elle me convienne, elle avait atteint son objectif.

Je me regardai une dernière fois. Mes cheveux étaient détachés et retenus sur les côtés par deux barrettes en perle pour les garder hors de mon visage. Mes yeux verts paraissaient exceptionnellement brillants. Mes joues étaient rouges et l'avaient été pratiquement toute la journée à cause de l'anxiété liée à tout cela.

Le mariage est un événement capital, même dans des circonstances ordinaires. Aux yeux de la loi, il vous lie étroitement à une personne de manières que je présumais que beaucoup de gens ne considéraient même pas à notre époque moderne. Avec quelques vœux et un trait de plume sur un certificat de mariage, vous étiez inextricablement liés légalement à une autre personne. Le concept du meilleur et du pire prenait des proportions épiques.

J'étais assez soulagée de faire implicitement confiance à Liam. Pourtant, j'étais encore anxieuse. Les événements des semaines précédentes à Charm Cove m'avaient mise sous tension, et j'avais commencé à douter du concept même de destin.

Au final, Annette était retournée à La Nouvelle-Orléans et avait ensuite appelé pour s'excuser. Considérant la mort brutale et tragique de son fiancé, je pouvais imaginer que cela puisse faire basculer une personne. Elle avait été tellement affligée par le chagrin qu'elle s'était accrochée à tout ce qu'elle pouvait pour essayer de se sentir mieux. D'une façon ou d'une autre, elle s'était persuadée que peut-être il y avait une raison à la mort de son fiancé, quelque chose d'autre que les caprices aléatoires du destin et de la malchance.

Alice avait retracé sa lignée, et il s'est avéré qu'Annette était très lointainement apparentée à la famille Wicked. Quelque chose comme une cousine au troisième ou quatrième degré, mais cette connexion était devenue pour elle un fil d'espoir. Elle s'y était accrochée dans son moment de désespoir, se convainquant d'une certaine manière dans son chagrin démesuré que peut-être son fiancé était mort parce qu'elle était destinée à épouser quelqu'un d'autre.

Dans le monde moderne, les histoires de destinée sont rares. Alors que dans le monde des sorcières et des sorciers, de telles histoires étaient courantes. L'histoire du mariage prédestiné entre les Wicked et les Good était un folklore bien connu dans le monde surnaturel. Elle rejoignait d'autres, toutes vraies. Pas seulement le contenu de pages jaunies dans un livre.

Pendant ce temps, ces idiots de Windy Bay s'étaient immiscés dans la situation, essayant de faire un profit rapide quand l'opportunité s'était présentée avec une raison absolument ridicule pour endommager délibérément un bateau. Ils faisaient face à des accusations, mais sans peine de prison. Il n'y avait pas de véritables victimes autres qu'eux-mêmes et les compagnies d'assurance. Et qui allait avoir pitié d'une compagnie d'assurance ? Certainement pas moi.

— Moira ? demanda Emma à mes côtés.

En me tournant vers elle, je réalisai que mon esprit avait vagabondé. — C'est l'heure ?

Emma était ma demoiselle d'honneur. La tradition voulait que ce soit un membre de la famille. Elle était une cousine assez éloignée, mais nous avions grandi ensemble, donc c'était approprié.

Elle avait fait sortir tout le monde quelques minutes auparavant pour me donner le temps de respirer. Entre ma mère, mes diverses tantes et les jumelles, les bavardages avaient rempli mes oreilles pendant que tout le monde s'habillait et me préparait.

— Oui, c'est vrai. Tu es prête ?

Je réussis à hocher la tête, bien que soudain mon cœur s'emballait et que l'air devenait difficile à trouver. — Je vais sortir en premier. Attends deux minutes, puis ce sera ton tour. Ton père t'attend de l'autre côté du vestibule.

Je parvins à prendre une profonde inspiration et à expirer lentement. Bien que j'aie connu ma destinée durant toute mon enfance et que j'aie brièvement tenté de la fuir, soudain elle me semblait immense. J'espérais seulement que Liam et moi nous y installerions aussi confortablement que Lea et Jacob l'avaient fait dans la génération précédente.

Je suppose que d'une certaine façon, j'avais de la chance. Tous les couples destinés n'avaient pas l'avantage de grandir dans la même ville que le couple précédent.

Emma se pencha et me prit rapidement dans ses bras, en faisant attention à ne pas gâcher ma coiffure ou mon voile. Quand elle se recula, elle sourit. — Tu vas y arriver. C'est Liam, et tu l'aimes. Le reste n'est que du bonus. Peu importe ce que les gens racontent sur la destinée.

Sur ces mots, elle s'éloigna. J'attendis les deux minutes prescrites. Parce que bien sûr, Lea et Opal avaient chronométré à la minute près combien de temps il faudrait à Emma pour marcher jusqu'à l'avant de la chapelle.

Après une profonde inspiration, je pris mon bouquet et ajustai inutilement mon voile une dernière fois. En franchissant la porte de la salle d'habillage, je trouvai mon père qui m'attendait. Il avait fière allure dans un costume noir et blanc, parfaitement taillé pour lui. Avec ses cheveux argentés et ses yeux vert vif, mon père avait bien vieilli. Quoi qu'il en soit, pour moi, il était intemporel et semblait avoir surgi des pages du temps. Il se tenait avec une élégante prestance.

Il sourit, se penchant pour embrasser ma joue avant de me tendre son coude. J'y glissai ma main juste au moment où l'orgue commençait à jouer. Les portes de la petite chapelle s'ouvrirent, et je vis Liam qui m'attendait devant l'autel.

À ma grande surprise, mon cœur se mit à battre fort et vite dans ma poitrine, emportée par l'émotion du moment. L'église était remplie à ras bord de sorcières et de sorciers de Charm Cove et de parents éparpillés venus du monde entier. Vaguement, il me vint à l'esprit qu'il y avait suffisamment de pouvoir ici pour créer pas mal de méfaits.

Ma dernière pensée fut que j'espérais que tout le monde se comporterait bien. J'atteignis l'avant, et mon père me confia à Liam. La cérémonie comportait deux phases — un ancien handfasting écossais et nos vœux formels. Tout se passa si vite que je m'en souviens à peine.

Le tout dernier moment resta pourtant vivace. Les yeux de Liam étaient posés sur moi et le prêtre déclara : — Vous pouvez maintenant embrasser la mariée.

Opal nous avait expliqué que tout devait suivre le cours approprié pour que la destinée se maintienne. Apparemment, cela s'appliquait aussi au baiser. Pour ça, elle avait ajouté avec un clin d'œil : — Vous êtes libres de le faire comme vous voulez.

Je me souviens du regard bleu exubérant de Liam croisant le mien, puis il s'est approché, baissant la tête pour capturer mes lèvres avec les siennes. Mes joues étaient en feu lorsqu'il s'est écarté. Toute mon anxiété s'est dissipée et un sentiment de justesse s'est installé sur mes épaules.

Quand j'ai lancé mon bouquet, il a fini par heurter Nathan en pleine poitrine. Cela a provoqué beaucoup de rires.

Quelques semaines plus tard, nous étions de retour à Charm Cove et nous nous installions dans notre vie officielle de mariés. Liam s'affairait à planifier ce qui deviendrait notre maison sur un terrain qu'il possédait à guère plus d'un kilomètre le long de la falaise depuis notre maison-relais. Ghost avait cessé ses étranges errances sur la plage, ce qui, je présume, était d'une manière ou d'une autre lié à Annette et à un quelconque sort de sirène qu'elle avait utilisé.

La destinée avait été accomplie, ou du moins quelque chose comme ça. D'une certaine façon, j'avais imaginé le destin comme un éclair descendant du ciel et me rappelant à quel point c'était important. Une fois que c'est arrivé, le calme a suivi.

Merci d'avoir lu Siren Song Gone Wrong ! Si vous souhaitez être informé de mes nouvelles parutions et autres actualités, inscrivez-vous à ma newsletter : subscribepage.io/35IYqX

Pour plus de bêtises, de magie et de chaos à Charm Cove, tournez la page pour un aperçu de Pumpkin Patch Murder, le prochain livre de la série Wicked Good Mystery !

EXTRAIT : PUMPKIN PATCH MURDER

MOIRA WICKED

Les feuilles d'automne glissaient sur la route, poussées par une rafale d'air froid venue de l'océan Atlantique. Je conduisais pour rejoindre Liam afin de choisir une citrouille, voire deux, pour Halloween. Celia et Delia, mes cousines jumelles, m'accompagnaient et étaient déterminées à en trouver jusqu'à dix pour un concours de sculpture de citrouilles au lycée.

Les couleurs vives de l'automne parsemaient le ciel de Charm Cove, dans le Maine, tandis que les vents chassaient la chaleur estivale. J'aperçus un éclair rose dans le rétroviseur et jetai un coup d'œil par-dessus mon épaule.

— Qu'est-ce que tu fabriques ? demandai-je sèchement, mes yeux revenant sur Delia dans le miroir, dont la magie avait une teinte rose quoi qu'elle fasse. Pour environ la millième fois, je remerciai les astres que la magie de Celia soit imprégnée de lavande. Étant donné qu'elles étaient des jumelles identiques approchant les seize ans, ces deux-là avaient suffisamment de bêtises à faire. Ajoutez la magie à l'équation, et il fallait être prudent. Si leur magie était aussi identique que leur apparence, je ne pourrais jamais déterminer qui avait fait quoi.

Delia gloussa, ses yeux bleus pétillants tandis qu'elle repoussait ses cheveux noirs de son front. — C'était un accident. Je jouais avec ma baguette. Désolée, Moira, dit-elle rapidement.

Celia intervint : — Elle essayait de me jeter un sort.

— Eh bien, tant que c'est inoffensif, ne me laissez pas gâcher votre plaisir, dis-je d'un ton sec.

Il y eut un bruit de froissement et d'autres gloussements. Je secouai la tête en souriant intérieurement. Normalement, elles se seraient disputées pour la place avant, mais un sac géant de courgettes l'occupait. Ma mère l'avait déposé cet après-midi, une partie de la dernière récolte de la saison de son jardin.

Je regardai par la fenêtre où l'océan s'étendait à perte de vue. Nous roulions le long de la route sinueuse du littoral au-delà du centre-ville de Charm Cove. De vieilles fermes et leurs terres respectives s'intercalaient de l'autre côté de la route. Charm Cove était situé à peu près à mi-chemin de la pittoresque côte rocheuse du Maine.

— Ne rate pas le virage, lança Celia depuis l'arrière.

Regardant droit devant, je vis le panneau pour « Les Citrouilles de Peaches » un peu plus loin. Cette ferme ne cultivait pas de pêches, mais elle produisait beaucoup de citrouilles. Le nom était un clin d'œil au surnom d'une ancêtre qui avait vécu ici jusqu'à son décès. Elle s'appelait Peaches et cultivait des citrouilles.

En tournant sur la route, j'aperçus la voiture de mon mari au bout, ainsi que quelques autres. Chaque fois que je pensais à Liam comme mon mari, un petit frisson me parcourait. Nous étions mariés depuis plus de deux mois maintenant, mais la nouveauté ne s'était pas encore dissipée.

C'était une tradition automnale de venir chercher une citrouille aux Citrouilles de Peaches. Bien que ce soit le troisième automne depuis mon retour à Charm Cove après quelques années d'absence, je n'avais pas encore réussi à rétablir cette tradition annuelle.

L'excitation des jumelles me gagnait. Inspirées par le prochain concours de sculpture de citrouilles au lycée, elles étaient motivées par leur esprit de compétition partagé. Je m'attendais à ce qu'elles commencent à devenir un peu plus cyniques face à la vie, comme les adolescents ont tendance à le faire. Bien qu'elles soient certainement espiègles, et je ne doutais pas un instant qu'il y avait beaucoup de choses que j'ignorais sur leur vie sociale, elles possédaient une joie de vivre que je ne voyais pas s'estomper, même face au cynisme.

C'était la fin de l'après-midi, les rayons du soleil descendaient bas dans le ciel. Une douce lueur orangée dorait le champ de citrouilles, faisant briller les cucurbitacées dans le paysage.

Je me garai à côté de la voiture de Liam, et les jumelles étaient déjà en train de sortir avant même que j'aie eu le temps de couper le moteur. Je ris en les regardant se précipiter dans le champ. Elles voulaient prendre des photos de la citrouille géante qui avait remporté un prix à la foire cette année. La saison des foires battait déjà son plein, avec Halloween qui approchait à grands pas.

Les cheveux noirs de Liam luisaient au soleil tandis qu'il contournait la voiture pour me rejoindre, ses yeux bleus brillant de son sourire. — Je vois que les filles sont pressées, murmura-t-il en guise de salutation avant de se pencher pour déposer un rapide baiser sur mes lèvres.

Je souris alors qu'il s'écartait. — Bien sûr qu'elles le sont. Ne sont-elles pas toujours pressées ? demandai-je en me retournant.

Liam prit ma main dans la sienne et la serra légèrement tandis que nous commencions une marche bien plus lente dans le champ de citrouilles. Mon mari sorcier et moi nous étions rapidement adaptés au mariage, ce qui était plutôt pratique étant donné que nous *devions* nous marier.

— La mairie a appelé, commenta Liam.

— Tu veux dire le bâtiment ? demandai-je avec un petit rire.

Il gloussa. — Non, je parle d'Anna Goodness. Elle a dit que tu devais te décider si tu voulais que notre certificat de mariage indique ton nom de famille comme Good ou Wicked. Je répète pour bien insister que ça m'est *complètement* égal si tu gardes ton propre nom de famille, dit-il.

J'étais bloquée sur cette décision. Je pouvais changer mon nom à n'importe quel moment. Mais si je voulais le faire sur mon certificat de mariage, il y avait une date limite, et c'était la semaine prochaine.

Liam Good et moi avions finalement accepté notre destin. Notre mariage avait été prédestiné — dans les étoiles, ou quelque chose comme ça. Il était un sorcier de la famille Good, et j'étais une sorcière de la famille Wicked. Il y avait de l'histoire, pour ainsi dire, entre nos familles. Il y a quelques centaines d'années, il y avait eu une sorte de bataille — une lutte de pouvoir massive — et des sorts désagréables lancés dans toutes les directions. Pour maintenir la paix, deux matriarches avaient décrété qu'un Wicked et un Good devaient se marier à chaque génération.

Oui, en 2019, ces choses-là se produisaient encore.

Nous avions scellé le pacte il y a deux mois. Tout était en ordre dans le monde des sorcières, et je devais prendre une décision pratique concernant mon nom.

— Puisque je n'arrive pas à me décider, je suppose que je vais garder Wicked. Ça me fait bizarre d'être appelée Good. J'ai été Moira Wicked toute ma vie.

Liam serra ma main une fois de plus en s'arrêtant devant une citrouille imposante et plutôt ronde. — C'est ce que je pensais, mais je ne voulais pas que tu tiennes compte de mon opinion avant de prendre ta décision.

Mon cœur s'emballa. J'aimais vraiment cet homme et *c'était* incroyablement pratique. Dieu sait que je n'avais aucune envie de contrarier le destin. Épouser Liam aurait été misérable si je ne l'aimais pas.

— J'appellerai Anna demain pour lui dire que si je change d'avis un jour, je déposerai quelque chose de nouveau. En regardant Liam, je suivis son regard vers la citrouille. — On dirait que cette citrouille te plaît, ajoutai-je.

— Eh bien, elle est vraiment ronde, tu ne trouves pas ? répondit-il.

La citrouille était, en effet, très ronde. — C'est définitivement une bonne citrouille, observai-je en relevant les yeux vers Liam.

— Combien en prenons-nous ? demanda-t-il.

— Je pense deux. Une pour chaque côté de l'entrée.

Il se pencha, détacha soigneusement la tige de la citrouille et la souleva. Il la porta sous un bras, attrapant ma main de l'autre alors qu'il se retournait.

C'est alors que l'une des jumelles hurla. Leurs voix étaient si similaires que je ne sus pas immédiatement qui c'était.

Nous nous retournâmes pour voir Delia dans une section du champ, et Celia qui courait vers elle en criant.

— Qu'est-ce qui se passe ? criai-je.

Liam lâcha ma main et trottina vers les jumelles, moi sur ses talons. Ses grandes foulées l'y amenèrent plus rapidement. Nous nous retrouvâmes tous quelques rangées plus loin.

— Que se passe-t-il ? entendis-je Liam demander.

Celia s'arrêta net, les joues rouge vif et les yeux écarquillés. Elle avait l'air vraiment terrifiée. — Il y a une personne morte !

Delia hurla : — Quoi ?!

— Où ? demanda calmement Liam.

Celia fit des gestes frénétiques derrière elle.

J'avais déjà sorti mon téléphone. — Il nous faut Daniel ici maintenant s'il y a un cadavre.

Pendant que j'appelais Daniel, Liam marcha vers l'endroit que Celia indiquait. Je le suivis.

Celia *ne voulait pas* retourner là où elle avait découvert le cadavre et resta sur place, cherchant la main de sa sœur. Bien que la curiosité de Delia fût manifestement difficile à réfréner, sa peur prit le dessus et elle resta aux côtés de sa sœur jumelle. Leurs mains étaient fermement serrées l'une contre l'autre tandis qu'elles nous regardaient traverser le champ.

Anna Goodness, la femme même qui avait appelé au sujet de notre certificat de mariage, répondit à mon appel. Anna était la standardiste et réceptionniste du commissariat et s'occupait également des tâches administratives à la mairie de Charm Cove.

— Moira, que puis-je faire pour vous ?

— Je sais que je n'ai pas appelé le numéro d'urgence, mais c'est une urgence. Nous sommes aux Citrouilles de Peaches, et l'une des jumelles a vu un cadavre. Oh mon Dieu, il y a *bien* un cadavre, m'exclamai-je dès que je vis le corps dans la rangée suivante, au-delà de l'endroit où je m'étais arrêtée à côté de Liam.

— D'accord, restez en ligne avec moi. J'envoie déjà un message à Daniel et à quiconque est de garde pour vous rejoindre là-bas. Quelqu'un a-t-il prévenu les propriétaires ? demanda Anna.

— Non, je vais appeler les jumelles. Attendez. Éloignant le téléphone de ma bouche, j'appelai : — Les filles, allez au bureau et informez-les de ce que vous avez trouvé.

Mon estomac se nouait. Je n'avais pas vraiment hâte d'examiner de plus près le cadavre. Liam s'avança dans la rangée suivante, et je le suivis, tous deux regardant vers le bas. Je reconnus immédiatement le visage de l'homme.

— Dites-moi tout ce que vous pouvez voir, dit Anna, d'un ton factuel et professionnel.

— Eh bien, c'est Vernon Smitty, dis-je.

Vernon était marié à Tanya Smitty, une enseignante au lycée de Charm Cove, connue pour être excessivement stricte. Je ne connaissais pas très bien Vernon. La famille Smitty était à Charm Cove depuis des siècles. Cependant, aucun membre de la famille n'était sorcier ou sorcière, et ils étaient très méfiants des rumeurs sur le surnaturel.

Liam se pencha, jetant un regard par-dessus son épaule après un moment. — On dirait que quelqu'un l'a frappé à la tête.

Je répétai cela à Anna. Vernon était entouré de citrouilles, mais il semblait en avoir sélectionné une car c'était la seule coupée de sa tige et posée près de son bras replié, comme s'il l'avait bercée. Exactement comme Liam tenait la citrouille que nous avions choisie.

— Daniel est en route et il aura des renforts avec lui. Je vous garde en ligne. Dites-moi si vous avez besoin de quoi que ce soit. En attendant, je vais taper tout ce que vous m'avez dit, annonça Anna.

J'entendis le clic distinct quand elle me mit sur haut-parleur et le bruit de ses doigts volant sur le clavier. Des voix portaient à travers le champ de citrouilles. En me retournant, je vis les jumelles avec les propriétaires des Citrouilles de Peaches se précipiter vers nous à travers le champ.

Je ne saurais dire pourquoi, mais j'avais le pressentiment que ce cadavre n'avait rien à voir avec la magie, et tout à voir avec des ennuis.

Copyright © 2025 Lucy May ; Tous droits réservés.

1-click. Pumpkin Patch Murder

Si vous souhaitez recevoir des informations sur mes nouvelles parutions et autres actualités, inscrivez-vous à ma newsletter : subscribepage.io/35IYqX

Merci d'avoir lu cette histoire ! J'espère que vous avez apprécié la magie. Si c'est le cas, voici quelques façons d'aider d'autres lecteurs à découvrir mes livres.

1) Écrivez un commentaire !

2) Inscrivez-vous à ma newsletter pour recevoir des informations sur mes nouvelles parutions : subscribepage.io/35IYqX

3) Aimez ma page Facebook à https://www.facebook.com/lucy mayauthor/

———

Série Wicked Good Mystery
Destiny's A Witch
Hex Me Not
Spells & Silver Bells
The Great Maple Caper
Oopsy Daisy
Siren Song Gone Wrong
Pumpkin Patch Murder
Série This Good Witch Mystery

Wish Upon A Witch
A Stormy Spell
A Stitch of Magic
Bee Charmed
Lemon Tea Cozy Mysteries
Witch You Wouldn't Believe
A Spell to Tell
Witch is When it Gets Crazy

À PROPOS DE L'AUTEURE

Lucy May adore le café, les chiens, la cuisine et l'écriture. Sudiste déracinée vivant dans le Maine, elle a appris à apprécier les quatre saisons, mais regrette toujours les étés paisibles du Sud. Elle aime penser qu'elle aurait pu être une sorcière dans une autre vie et croit encore à la magie. Elle passe son temps à créer des histoires paranormales drôles, sarcastiques et sensuelles.

Facebook